只恐夜深花睡去

www.cosmosbooks.com.hk

書　　名　只恐夜深花睡去
作　　者　蔡　瀾
封面及內文插畫　蘇美璐
責任編輯　吳惠芬
美術編輯　楊曉林
出　　版　天地圖書有限公司
香港皇后大道東109-115號
智群商業中心15字樓（總寫字樓）
電話：2528 3671　傳真：2865 2609
香港灣仔莊士敦道30號地庫／1樓（門市部）
電話：2865 0708　傳真：2861 1541
印　　刷　亨泰印刷有限公司
香港柴灣利眾街德景工業大廈10字樓
電話：2896 3687　傳真：2558 1902
發　　行　香港聯合書刊物流有限公司
香港新界大埔汀麗路36號中華商務印刷大廈3字樓
電話：2150 2100　傳真：2407 3062
初版日期　2017年7月
三版日期　2017年7月

ISBN 978-988-8258-01-7

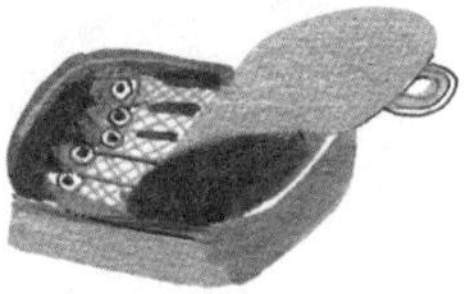

目錄

廬山煙雨浙江潮

重新發現福井

微博推銷術

廬山煙雨浙江潮

GLORY

這次去新加坡，主要是為《蔡瀾家族II》這本書的促銷做講座，上回在《蔡瀾家族I》出版時也做過，很成功。老友潘國駒教授為我在「醉花林」潮州菜館的演講廳主辦，我和姐姐蔡亮、弟弟蔡萱、姪女蔡芸一齊上台，回答讀者的問題。

講的是我們記得的新加坡，那個寧靜的小島，許多味道正宗的小吃，還有濃濃的人情味，就隨着時代消失，乘這場演講，留下一個記錄。

還有嗎，我們當年吃的東西？有，有，要努力去找，其中一間我每次去新加坡必吃的，是家叫GLORY的餐廳，這裏賣的有馬來人做的飯

菜和咖喱，馬來人受了中國文化影響後做出來的薄餅，又有從泰國傳來的米暹等等，數之不盡，讓我一樣樣細敘。

在店外，擺了很多小吃，由印尼甜品變化而來，一顆顆魚蛋般大的餅，餡是加糖的椰子茸，用麵粉包了再烘焙出來，特點是這顆餅有個蒂，用丁香做的，整顆吃進口，細嚼之後的味道變得複雜，不是一般西方甜品能做出來的。

走進店裏，玻璃櫃後擺着多盤的餸菜，有濃郁的椰漿雞、亞參魚頭、辣椒炒秋葵、炸江魚仔花生、巴東牛肉、咖喱羊肉、炭燒魷魚，花樣之多，數之不盡。客人可以向店員指指點點，他們就裝了一碟白飯或椰漿飯，把各種菜加進碟中，最後替你淋上咖喱汁，另加一匙馬來辣醬Sambel。別小看它，這是極難做得好的醬料，先把蝦米舂碎，加指天椒、大蒜、紅葱頭，爆炒香了做出來。其實甚麼菜都必加，單單吃這辣醬，已能吞下三大碗白飯，但依足馬來傳統，白飯不必多吃，一小包就

夠，這便是馬來人的早餐Nasi Lemak了，調皮的人稱為辣死你媽。

另一邊，在大鍋中煮着的蔬菜，是用來包薄餅的餡，這是馬來人向福建人學的，福建薄餅主要的材料蘿蔔，早年在熱帶難找，就用粉葛來代替。薄餅皮也經過改良，下了蛋白，其他配料當然把豬肉除去，因為馬來人是不吃的，保留了蝦、炸乾葱、豆芽、雞蛋碎，又用大量辣醬來調味，這種馬來薄餅的味道極佳，吃個兩三條面不改色。試過請廈門來的友人品嘗，他們也覺得另有一番風味，又和台灣人做的薄餅不同，台灣的加了大量白糖，其他地方的人還是不太吃得慣。

另一道必點不可的是米暹Mee Siam了，第一個字來自麵，第二個是暹羅，當然是來自泰國，但在泰國又吃不到，是馬來人改良後的獨特滋味。名字的麵，則用米粉來代替，用亞參汁和辣醬處理過，故帶紅色。吃時淋上特製的湯，帶着酸甜，以蝦殼蝦頭熬出來，上面鋪着豆腐乾碎和生的韭菜段，另有一顆煮熟的雞蛋，最後加上一大匙辣醬，什細

GLORY CATERING
GLORY

一吃，還吃出潮州豆醬來。另有一粒切開的酸桔，和檸檬完全不同的酸味，只在馬來西亞、泰國和印尼能找得到，擠出汁來淋上，一碟米暹就完成了。好不好吃很靠辣醬做得好不好，整體的調味也很重要，在新加坡各個熟食檔的小販也學做過，完全不是那麼一回事，要到這家人吃過才明白甚麼叫正宗的米暹。

另一種馬來麵叫Mee Rebus，和湯麵、撈麵及炒麵完全不同，有點像大鹵麵，主要是把福建油麵燙熟了，上面加雞蛋、豆腐碎、豆芽和炸紅蔥頭等等，味道來自那濃濃的醬汁，帶點咖喱味，又與印度咖喱完全無關，是個性很強的馬來風味。

最能引起兒時回憶的是馬來炸豆腐Tahu Goreng了。做法是這樣的，用一個做羅惹的大陶缽，放生的蒜頭、紅蔥頭和指天椒下去，再用一管木製的杵把上述的材料舂碎，另下大量炸花生，也舂碎，加椰子糖，亞參汁和蝦頭膏，最後把這種濃漿淋在一塊炸豆腐上面，豆腐炸得皮脆肉嫩，再拌上濃漿，真是刺激死人。小時候吃的指天椒下得多，辣得連口水都變成長條，當今大家都受不了，沒那麼辣，但還是極好吃的。

我叫了一桌菜之後，還是沒有忘記是店裏的Otak，唸成烏打烏打，馬來人不用S字來去當複數，一條叫烏打，兩條就是烏打、烏打了，英文寫成Otak^2，烏打上面加一個平方，非常合理。

店裏的烏打是把魚頭的肉剁了，加上椰漿和香料，用椰子葉包着，在炭上烤熟，非常美味，和一般中國人學做像魚餅般的烏打不同，但吃時要小心，時常有碎骨。

接着是甜品了，在這裏可以吃到味道最香濃的Cendol，試過之後你就知道越南和印尼的完全比不上。店裏還有叫為娘惹粿Nyonya Kuih的，有Kueh Ko Swee、Apom Bokwa、Kuih Dadar等，印象極深的是一種綠色小丸子，外面黏着椰絲，放進口一咬，啵的一聲，香濃的椰糖漿噴出。

另外有當今別處罕見大菜糕，馬來語叫為Agar Agar的，有綠色的檸檬味和紅色士多啤梨味，把大菜糕煮滾後，在雞蛋殼打一個洞，倒出蛋，洗淨，再將大菜糕倒進去，做成一個個甜品。

GLORY在一九五四年成立，老闆是不會講中國話的華人，死守着產品，一成不變。我帶過很多吃遍天下的食客去吃，一致讚好，說是新加坡唯一最正宗的味道，因為還有一個「真」字。

地址：139, East Coast Road, Singapore 428829

電話：+65-6344-1749

星期一休息。

南洋雲吞麵

有點像《深夜食堂》裏的故事，今天要講的是南洋雲吞麵：

小時，住在一個叫「大世界」的遊樂場裏面，甚麼都有：戲院、舞台劇、夜總會、商店和無數的小販攤檔，而我最喜歡吃的，就是雲吞麵了。

麵檔沒有招牌，也不知老闆叫甚麼名字，大家只是叫小販攤主為「賣麵佬」，五十歲左右。

賣麵佬一早起床，到菜市場去採購各種材料，回到檔口，做起麵來。用一根碗口般粗的竹篙，一邊用粗布綁着塊大石，另一邊他自己坐了上去，中間的枱上擺着麵粉和鴨蛋搓成的麵團，就那麼壓起麵來。一

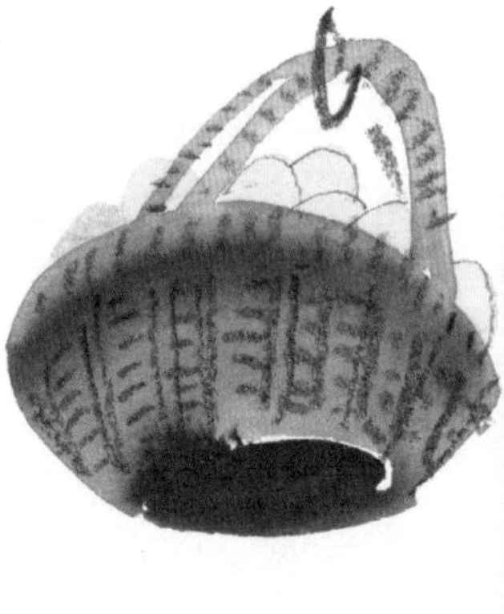

邊壓一面全身跳動，在小孩子們的眼裏，簡直像武俠片中的輕功，百看不厭。

「叔叔，你從哪裏來？」我以粵語問他，南洋小孩，都懂說很多省份的方言。

「廣州呀。」他說。

「廣州，比新加坡大嗎？熱鬧嗎？」

「大。」他肯定：「最熱鬧那幾條街，晚上燈光照得叫人睜不開眼睛。」

「哇！」

賣麵佬繼續他的工作，不一會，麵皮被壓得像一張薄紙，幾乎是透明的，他把麵皮疊了又疊，用刀切幼成麵條，再分成一團團備用。

「為甚麼從那麼大的地方，來到我們這個小的地方來？」還是忍不住問了。

「在廣州看見一個女人被一班小流氓欺負。」他說着舉起那根壓麵的大竹篙：「我用它把那些人趕走。」

「哇！後來呢？」我追問。

「後來那個女的跟了我，我們跑到鄉下去躲避，還是被那班人的老大追了上來，我一棍把那老大的頭打爆，就逃到南洋來了。」他若無其事地回答。

「來了多久？有沒有回去過？」

「哪夠錢買船票呢？一來，也來了三十年了。」

「那個女的呢？」

「還在鄉下，我每個月把賺到的錢寄回去。小弟弟，你讀書的，幫我寫封信給她行不行？」

「當然可以。」我拍着胸口，取出紙筆。

「我一字一字說，你一字一字記下來，不要多問。」

「行！」

賣麵佬開口了：「阿嬌，她的名字叫阿嬌。」

我一字一字地寫，才發現下一句是他說給我聽的，即刻刪掉。

「昨天遇到一個同鄉，他告訴我，你十年前已經和隔壁的小黃好了。」

「啊！」我喊了一聲。

「我今天叫人寫信給你，是要告訴你，我沒有生氣。」

「這……這……」我叫了出來，「這怎麼可以？」

「你答應不要多問的。」

「是，是。」我點頭：「接下來呢？」

「我說過我要照顧你一生一世，我過了南洋，來到這裏，也不會娶第二個的。」

我照寫了。

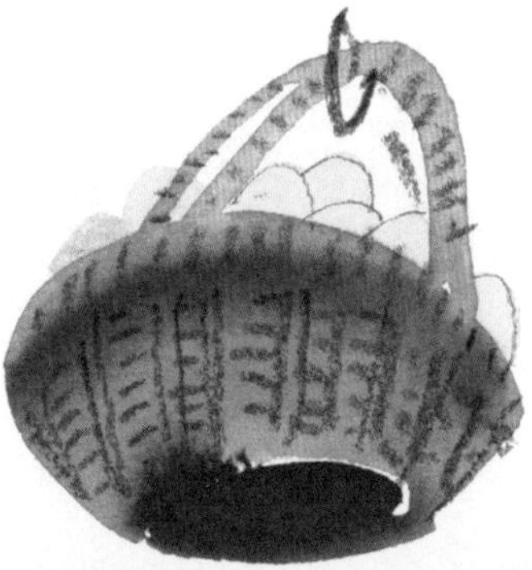

「不過。」他說：「我已經不能再寄錢給你了。」

我想問為甚麼，但沒有出聲，賣麵佬繼續說：「我上個月去了看醫生，醫生說我不會活太久，得了一個病。」

「甚麼病？」我忍不住問。

「這句話你不必寫，我也問過醫生，醫生說那個病，如果有人問起，就向人家說，一個『病』字，加一個『品』字，下面一個『山』字。」

當年，這種絕症，我們小孩子也不懂，就沒寫了。

「希望你能原諒我。但活到最後一口氣，我還是會寄錢給你的。」

賣麵佬沒有流淚，但我已經哭了出來。

南洋雲吞麵，吃的多數是撈麵，湯另外上，因為南洋大地魚難找，改用鯷魚乾，南洋人叫江魚仔的來熬湯，另有一番風味，用個小碗裝着，裏面下了三粒雲吞，餡用豬肉，包得很細粒。

麵的鹼水下得不多，所以沒有那麼硬，可能麵粉和廣東的不同，很有麵味，煮熟後撈起放在碟中，碟裏已下了一些辣椒醬、醋和豬油，混着麵，特別香，麵上鋪着幾片叉燒，所謂叉燒，一般的店只是將瘦的豬肉染紅，不燒，切片後外紅內白；做得好的店，是用半肥瘦的肉燒出來，但下的麥芽糖不多，沒那麼甜。

另外有一點菜心，南洋天氣不打霜，菜心不甜，很老，不好吃，但吃慣了，又有獨特的味道。

一直保持着的是下了大量的豬油渣，喜歡的人還可以向店裏的人要求多放一點，這種豬油渣炸得剛剛好，指甲般大，奇香無比。

另外有碟醬油，用的是生抽，醬油碟中還下了青辣椒，切段，不去籽，用滾水略略燙過，就放進玻璃瓶中，下白醋和糖去浸，浸的功夫很要緊，太甜或太酸都是失敗的，有了這些糖醋青椒配着雲吞麵吃，特別刺激，和廣州香港的雲吞麵完全不同，只在新加坡和馬來西亞吃得到，雲吞麵名字相同，但已是另一種小吃了。

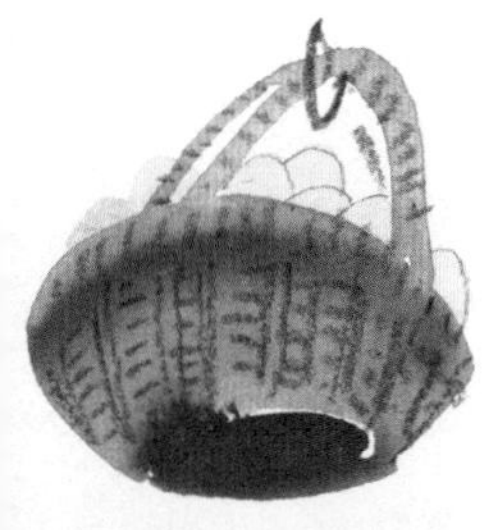

零食境界

家中零食之多，可自稱零食大王。

自從戒煙之後，為分散注意力，零食更是愈儲愈多，看電視的太師椅旁，有無數個玻璃瓶，各自藏着。家人見零散，把友人送禮的果籃拿來裝，一籃又一籃，包圍着椅子，最少有十幾籃。

一想起抽煙，即去掏糖果，甚麼拖肥糖、乳油糖和優格。最愛吃是喚起兒時記憶的椰子糖，但不喜太硬的，還是軟的好，又不能太軟，太軟的會黐牙，是那種一咬即爛的最好，放進口中細嚼，外層即刻咬爛，大口大口地吃，吃完一顆又一顆的最佳，一包椰子糖數十顆，一下子吃清光，滿口椰子味，妙極。

精緻起來，有法國人做的Les Rigolettes Nantaises和意大利人做的Pastiglie Leone，裝進細小的鐵盒裏，像首飾一樣大小，一粒粒吃之，非常之過癮。

最不喜歡的是瑞士糖了，怎麼咬都咬不完，一粒要吃甚久，而且並不美味。近年參加的喪禮漸多，每次交上帛金，主人家便包一粒瑞士糖回禮，一吃到瑞士糖就想起死人。可以丟棄呀，有人說，不行不行，回禮的那一塊銅錢一定要用掉，糖也得吃掉才行，迷信的人勸說，照辦吧。

離不開的有嘉應子，這種傳統的零食百吃不厭，每次到「么鳳」零食專門店，都會買兩斤，每斤六十元，共一百二十大洋，一下子吃完。

「么鳳」的買手跑出來自己開店，店名也叫「么鳳」，結果給本來的告上法庭去，就在么字上面加了一點，名為「公鳳」，兩家人的貨還是相似的，嘉應子也一樣價錢。

MON GINGER

ALMOND NOUGAT
CHAN PUI MUI
ESERVED PLUM
CHAN PUI MUI

「么鳳」光顧了多年，他們是第一家把一粒話梅賣十塊錢港幣的，我去買些來吃，覺得不錯，寫成文章，黃永玉先生的千金買來試，覺得難吃到極點，一直罵我，罵到現在還是不肯停止。

老派零食店的東西都裝在玻璃瓶中，新派的就獨立包裝了，客人一看，覺得比較衛生，生意滔滔，當今開了多家，以日本零食招徠。

日本零食的種類也多，我愛吃的是他們的江瑤柱，獨立包裝，可能是下了大量味精，吃不停口。江瑤柱的售價較貴，後來又出了甚麼日月貝之類便宜的乾貨，下了味精後味道相近，但還是太硬，韌帶咬不動。

日本人用山葵來做零食，起初吃還覺得新奇，像用麵粉包了豆子，炸後塗上山葵的很受歡迎，後來吃多了也覺得沒趣，不如吃巧克力，最初吃英國貨，後來也吃大量生產的美國巧克力，愈吃愈高級，從Cadbury、Toblerone、Mars、Guywan、Ferrero Rocher、Godiva、Delafee、Aficionado、Michel Cluizel到Alain Ducasse的Le Chocolat。吃來吃去，還是日本人做的Le Chocolat De H最好吃。

地址：日本〒104-0061 Tokyo, Chuo, 銀座6丁目7–6

電話：+81-3-6264-6838

甜的零食吃得太多容易患糖尿病，還是來些鹹的中和，我有潮州做的豬頭粿，上海人的蒸鴨腎，最愛吃是香港「陳意齋」賣的扎蹄，所謂扎蹄，是種腐皮卷，有素的，味太淡了，還是買蝦子的夠味，切成薄片，下酒或充飢皆宜，吃了一次，就上癮了。

地址：中環皇后大道中176號B地下

電話：2543-8414

不加糖的零食還有各種芝士，花樣太多了，相信大家都有各自喜歡，也不一定要買最貴的，普通價錢的法國芝士，做成一小方塊一小方

塊，像骰子般的「笑着的母牛The Laughing Cow」，已經是上乘的零食，有各種不同口味，像炸肥豬味、士多啤梨味，都好吃。

有時，切一個皮蛋，配幾片生薑來變化也好，皮蛋不是靠技巧，而是吃日子，做好了在二十八天以內吃的就是最佳，否則蛋黃變硬，或者蛋白還是黃顏色的。只有跑去「鏞記」買，當天買當天吃，一定是溏心的。

最佳零食的名單上還有鴨舌頭，要滷得好不容易，台灣「老天祿」當然聞名，要跑到戲院旁邊那家小店做的才美味。但是，台灣鴨舌頭絕對比不上杭州的，不過也不是家家都行，我吃遍了杭州名餐廳的，還不如香港的「天香樓」做得好。

愈吃愈刁鑽時，可以來一點魚子醬當零食，當然要伊朗的，其他地區鹹死人，送你也別吃，不然會留下不良印象。從魚肚中挖出的魚子，即刻鹽醃，才能做到不鹹又美味，天下也只有五六個人會做。

魚子醬難得，退而求其次，吃台灣烏魚子當零食也好，不過台灣人還是向日本人學的，買日本烏魚子，樣子像中國人的墨，故稱為「唐墨Karasumi」，是日本三大珍味之一，其他兩種有醃製過的海膽，叫「雲丹漬Unizuki」，第三種是海參的腸，叫「撥子Bachiko」，烤了吃，是零食最高境界之一。

當然是偶爾食之，才覺美味，天天吃的話，還是嘉應子、腐皮卷好。

零食的最大好處是吃多了，肚子飽，正餐吃不下。這也好，正餐吃少一點，就不必去減肥，道理和廣東人先喝湯再吃飯菜相同，不必吃過飽，北方人不懂，吃飽了才喝湯，一下子就撐住，太不會養生了。

近來吃些甚麼？

已年邁，對於吃，進入一個新階段。

不吹毛求疵了，在餐廳吃到一頓差的，怪自己要求過高。少吃幾口，不再批評。

一般吃些甚麼呢？對白米飯愈來愈覺得好吃，從前不是那樣的，根本就少去碰，喝酒嘛，以菜送之，已飽。一般的餐廳也因為這樣，煮的白飯很粗糙，反正客人不會去吃。不像西餐，洋人胃口大，先來麵包，所以食肆對麵包的要求十分嚴格，可以說如果那家人沒有白焙麵包的話，就不必光顧了。

白飯，內地人稱為主食，年紀大了，都成為主食控，控那個字是說非有不可。為甚麼會成為主食控呢？菜吃得少了，來幾口白飯，否則半夜會肚子餓，而且，山珍海味都嘗過，沒甚麼大不了，不及一碗好的白米飯來得香。

南方人吃飯，北方人吃麵，我這個南方人，對麵條的喜愛還是很深，沒有飯，來碗麵也行。沒有麵，塞個饅頭，來碗水餃，照樣樂融融。

別人請客，菜還是吃的，吃得少罷了，每樣來幾小口，甚麼地溝油、孔雀石綠、蘇丹紅都不怕，不會食物中毒，但是最好還是來碗白飯，澆些菜汁，飽飽。

大肥肉還是吃的。不多吃，沒事。所有吃出毛病的，都是狂嚥造成。喜歡的就吃，到了這個階段，還怕這個、怕那個，八婆們般說這個不可，那個不可，都是廢話，愈聽愈生氣，幾乎翻枱。

酒一點也不喝了嗎？也不是，不好喝的酒，何必待薄自己。遇到佳

釀，還是可以喝上半瓶，尤其是和好友共飲。話不投機的，兩口算了。

你喝的都是一瓶成千上萬元的酒吧？友人笑罵。也不是，任何的酒，多喝了，味道都是一樣的。任何酒鬼，到了最後，必定愛喝單麥芽威士忌，為甚麼不是白蘭地呢？糖份太多，已有白飯補足了，不必再喝。至於中國白酒，那是中國人獨愛的，一般外國人都喝不慣，洒醉後那股氣味，實在令人受不了。

威士忌本身無味無色，都是靠泥煤或者浸的木桶弄出來的，而最好的木桶，是在西班牙或葡萄牙釀製「雪利酒」的桶浸出，所以麥卡倫等，要免費製造橡木桶送給雪利酒廠，等他們用完後運回蘇格蘭。

既然雪利酒味那麼重要，我有時會在普通的單麥芽威士忌中加幾滴雪利酒，就喝得下去了。如果淨飲也許會嗆喉，溝了水，問題就消失，所以我喝的威士忌也不一定是最貴的，反正喝到第三四杯就沒甚麼分別，我時常買一瓶港幣一百多元的「雀仔威」，那是已故鏞記老闆甘健

朕滿足矣!

成叫出來，威士忌中有款叫The Famous Grouse的，招牌上畫着一隻松雞，健成兄也不知這隻Grouse是甚麼雞，就稱它為「雀仔」，從此命名。

「雀仔威」加了梳打水，好喝得很，一般人以為價錢便宜就不好喝，這是他們笨。這家廠是蘇格蘭最歷史悠久的，產品有一定的水準，當今被麥卡倫買了，也許職員們放工之後，都不喝麥卡倫，一面喝雀仔威一面偷笑。

話扯遠了，幾千幾萬元的威士忌照喝，雀仔威也照喝，是現在的這個階段。

旅行時，到了三更半夜肚子餓，我一向是不喜歡叫旅館的客務部送餐的，等得又久又不好吃又貴，是酒店房間送餐服務的特點。這個時候我寧願吃泡麵，行李中總會預備一個杯麵。另一個方法，是老實不客氣地，把晚餐時的剩菜打包，再叫一碟鍋貼，甚麼問題都解決了。

自己在家裏，有時家務助理會煮些粥，用日本米，或五常米，實在又稠又香，再來幾磚腐乳，或來一點泡菜，也很滿足。泡菜還是自己動手做，我最拿手的是泡芥菜，當今最肥美，取其心，加大蒜、魚露和糖，吃過的人無不讚好。泡出癮來，蘆筍也可以泡，不然大芥蘭的粗梗也可以泡，至於韓國Kimchi，還是韓國女人做得好，比不上她們的，買一點放在冰箱中，隨時伸手可吃。

三更半夜時，我還愛吃意大利粉，在超市買回來後，照包裝紙背後的指示，有的煮三分鐘，有的七八分鐘或十幾分鐘，但還是再加多幾分鐘才夠軟熟，意大利人的所謂咬頭，是他們才吃得慣，我們總覺硬得要死。

大碗中，加了最好的橄欖頭，再添一點老抽和醬油，麵熟了撈勻，最美味。要豪華，可加黑松露醬，更厲害的，把兩三匙禿黃油添進去，吃完不羨仙矣。

至於餸菜，開一罐葡萄牙的沙甸魚罐頭吧，每個國家都生產沙甸魚罐頭，很奇怪，只有葡萄牙的做得好吃，當今最流行是去沙甸魚罐頭專門店購買，澳門開了一家叫Loja das Conservas，有幾百種選擇，到了澳門，千萬別錯過。

有時不想吃傳統的東西，那麼來一點芝士好了，我發覺有一種日本人叫為「酒盜」的，是用海參的腸醃製，就那麼吃太鹹，如果加上意大利的軟芝士，就是天衣無縫的一種配合，你試試看就知道。

幾家新加坡食肆

回新加坡拜祭父母，一家人點了香，燒了衣，拜祭完畢，之後便去大吃一頓，這是慣例。

上次去做《蔡瀾家族II》的演講時，好友何華兄帶過我去一家潮州餐廳，叫「深利美食館」，印象甚佳，這回就和姊姊、大嫂、弟弟、姪女們去試，大家都說好吃。

老闆也姓蔡，叫蔡華春，蓄着小鬍子，戴粗黑框眼鏡，熱情相迎，捧出花生來，潮州人做的是軟熟的，我最愛吃，比炸的美味。上次來時，蔡老闆問我意見，我說可以加滷鵝的醬汁，這回果然吃出來，可以送啤酒三大杯，吃完一碟又一碟。

農曆新年將至，新加坡有吃「撈起」魚生的習慣，這是廣東人的習俗，潮州餐館做的魚生是常年都吃的，問他有沒有，蔡老闆點頭，捧出一大碟來，用西刀魚做的，這種魚只產於南洋，非常活躍，跳起來像一把西洋彎刀，故稱西刀魚，做魚生最肥美。這裏依照古法，另上一碟伴菜，有中國芹菜、白蘿蔔絲、胡蘿蔔絲、老菜脯絲、小酸柑等等。醬料也依足古方，除了醃製一年以上的甜梅醬，還有更難得的豆醬油，那是用普寧豆醬磨過後加麻油製成的，只有老潮州人才會欣賞。

第一碟一下子被大家搶光，再來再來，又吃得乾乾淨淨，姪女蔡芸和麻將腳老謝都是留學日本的，深喜魚生，吃得高興，老實講，潮州魚生不比日本的差。

蒸魚繼續上桌，這回叫的不是鯧魚，而是馬友魚尾，很肥美，也是古法蒸出，有大量高湯，一大碟可當餸菜，也當湯喝，潮州人蒸魚，叫炊，湯汁一定十足。

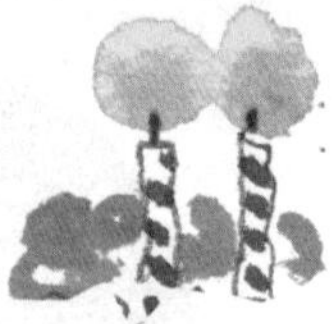

其他菜還有蝦、豬腳凍、燴海參、魚腸等等，都有水準。蔡華春五十歲左右，這個年齡剛好向父親學到古派菜，再年輕一輩就不行了。最後是鍋燒甜品，山芋、芋頭、白果、番薯等等，吃得酒醉飯飽。

地址：Blk 115 Bedok North Road, #01-285, Singapore 460115

電話：+65-6449-5454

賬單來了，我想付賬，姊姊說媽媽過世後留下一大筆錢，成為了我們的公益金，拜祭品也從這裏拿出來，媽媽實在厲害，生財有道，走後還替我們做好安排。

吃完飯到誼兄黃漢民家，他們都是天主教徒，不能上香了，只在他遺照前鞠了三個躬。

接着便是到弟弟家大玩台灣牌，十六張，成員有老謝、小黃和麗莎，玩個天昏地暗。麗莎是個高爾夫球名將，她身高六呎二吋，人又漂亮，帶她去做我的保鑣最適合。有一回和倪匡兄去星馬，也由她護駕，熱情的讀者衝上來，都被她一手擋着，比甚麼尼泊爾保鑣都在行，羨慕死那些有錢人。

翌日，本來想去吃黃亞細肉骨茶的，但是Fullerton酒店的自助餐實在誘人，中日西餐齊全之餘，還有當地小販餐，像印度人的咖喱煎餅、馬來人的椰漿飯，都很正宗，我喜歡的是煮雞蛋，煮雞蛋又有甚麼好吃？新加坡的吃法不同，煮個半生熟，用小鐵匙一敲，蛋分兩邊，把蛋黃挖掉，淨吃蛋白。小時被熟蛋黃嗆到，留下陰影，所以只吃蛋白，而蛋殼中留下的蛋白，一般都不夠多，我的經驗，是把蛋浸在滾水中，浸六分鐘最妙，蛋白夠厚，下了又濃又甜的醬油，撒上胡椒，用小匙一匙匙挖來吃，實在過癮得很，別處吃不到這種做法。

約了Jenny去剪頭髮，她本來在一家叫Michelle And Cindy的理髮店做，邵氏大廈翻新時被逼遷，後來這班女人被香格里拉酒店的美容院收

留，做了下去，當今又加租，再遷移，搬到RELC International Hotel去。

地址：30, Orange Grove Rd.

電話：+65-6738-2728

敷上熱毛巾之後，Jenny用那把鋒利無比的剃刀，把鬚根沙沙聲刮掉，最後連耳朵深處的毛也一根根剃了。做完臉部按摩，再全身按摩，這種快樂無比的享受，不是親身經歷過是不知有多好。我向理髮店的老闆說：「好好保留，這些技師都是新加坡國寶！」

剛好是弟弟蔡萱的生日，跑到餐廳和熟食中心買外賣，要了他愛吃的胡椒炒蟹、羊肉沙爹、福建炒麵、印度羅惹，大包小包地帶到他家裏，眾人又吃得飽飽，讓他過了一個快樂的生日，吃完，當然又是打台灣牌三百回合。

第二天要回港了，好在是中午飛機，還有時間，就請姪兒阿華載我去吃個午餐，當然是加東區的Glory，但還有時間，又到每次想去又去不成的加東叻沙吃一頓。當年，最著名叻沙店開在一間叫Roxy的戲院後面，當今已改建成一座商業大廈，叻沙店也開了多間，其中之一在對面，Roxy Laksa的名字不能註冊，就叫328 Katong Laksa。

老闆娘很摩登，是「經典新加坡環球夫人」的得主，店裏貼滿她的照片，香港明星不乏，更有著名的Gordon Ramsay，仔細一看，我多年前來拍特輯時的照片，也殘舊地擺放着。

叫一碗來試，先喝一口湯，的確與眾不同。叻沙的秘訣，在於椰漿湯，而椰漿不能滾，一滾椰油的異味就走出來，自己做咖喱或椰漿湯時，切記這一點。

除了叻沙之外，有椰漿飯和烤魚漿的Otak Otak，都美味。

叻沙的靈魂在於新鮮剝開的蜘蛄，新加坡之外的叻沙都沒有加入蜘蚶，在新加坡吃，也下得很少，只有幾粒浮在湯上游泳。

328 Katong Laksa的好處是螄蚶可以另叫，我要了五塊錢坡幣，裝在另外一個湯碗裏面，一撈，一大匙一大匙的螄蚶，吃個沒完沒了，過癮，過癮！

地址：51 East Coast Road, Singapore 428770

電話：+65-9732-8163

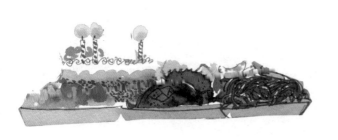

阿紅歡宴

大美人鍾楚紅約吃飯，半島的瑞士餐廳Chesa，或者鹿鳴春要我選。

Chesa好久沒去，想起那塊煎得焦香的芝士，垂涎不止，但是如果說到吃得滿足，沒有一家餐廳好過鹿鳴春，從第一次來香港光顧到現在，已有五十多年了，記得是胡金銓問我的：「山東大包你有沒有吃過，鞋子那麼大！」

說完用雙手比畫，我才不信，試過之後，服了，服了，不只是大，是大了還整個吃得完，又想吃第二個那麼過癮。於是決定了鹿鳴春。

約了七點的，怎麼快到八點還不見人，知道出了問題，即刻打電話問，原來是去早了一天，我說：「是我自己的錯，年老步伐慢不下來，

反而愈來愈迅速。每天過得高興，日子也忘懷之故。『快活』一詞，就是那麼得來的，哈哈哈哈。」

第二天，阿紅和她的妹妹到了，妹妹嫁到新加坡，一年回來看阿紅幾次。跟我的旅行團出遊時，她的一個女兒整天看書，我愛得不得了。當今她已在波士頓大學畢了業，藝術科，但樣樣精通，求職時一面試，即刻被錄用，看照片，當今已亭亭玉立，任職波士頓博物館高層。

來的還有阿紅的閨密，留學外國的北京人，時髦得要命，喜收藏名畫和古董，但最愛的，是白米飯，給自己一個「飯桶」的稱號。她的丈夫為了她，在五常買了一大塊沒被污染的土地，種植沒基因轉變的大米，我吃過，不遜日本米。有剩餘的，也讓阿紅在我的網店賣，叫「阿紅大米」。

另一位是楊寶春，「溥儀」眼鏡的女老闆，已有孫兒多名，但人長得和明星一樣，身材苗條，外表端莊。

被這四位大美人包圍住，我樂不可支，她們有一個共同點，就是全部都是大食姑婆，見甚麼吃甚麼，我最愛遇到的品種。

菜由我點，我吃了那麼多年，當然知道精華所在：炸二鬆，是乾貝絲、雪裏蕻絲，加核桃、芝麻、冬筍，是殺酒的最高選擇。飯桶帶了日本足球健將中田英壽和十四代合作的清酒，一下子被我們乾了。

接着是爆管廷，那是把豬喉管切得像蜈蚣一樣，和大蒜及芫荽炒了，上桌時蘸魚露的山東名菜。再來是酒煮鴨肝，並不遜法國人的鵝肝，也一掃精光。

烤鴨上桌，飯桶是北京人，也覺得烤得比北京的好，尤其是那幾張麵皮，老老實實，原始的味道。阿紅只吃鴨皮，不吃鴨肉，留肚吃別的。

我也同情她，那麼愛吃，又要保持身材。她不拍電影了，我也不拍電影了；她主要的工作是替名牌店剪綵，我主要的工作是替餐廳剪綵，

我向阿紅說：「等你減不了肥時，和我一塊去餐廳剪綵好了，餐廳喜歡胖人的。」

阿紅在丈夫薰陶下愛上藝術品，每次畫展都和我去看，眼界甚高，認識的新畫家比我多，又到各國剪綵時欣賞博物館的名畫，真偽給她一看即辨別出，如果不和我去餐廳剪綵，也可以當名畫鑑證。

除了這些，她熱心環保，今晚當然不會吃鹿鳴春的另外一道名菜雞煲翅了，但要了伴着翅的饅頭，那裏的做得精彩，鹹甜恰好，她連吞三個。飯桶的丈夫也是北京人，打包了拿回家讓丈夫享用，也說北京做的沒那麼好。

接着烤羊肉上桌，這是一道把羔羊炖過之後再燒的名菜，軟熟又香噴噴。可惜阿紅、她的妹妹和飯桶都不吃羊，讓楊寶春和我吃個精光。下次記得，把這道菜改為炸元蹄，將豬腳煮得入口即化，再炸香，所有人一定不能抗拒！

以為再吃不下時，上了燒餅，這個燒餅烤得香噴噴，切半，像一個眼鏡袋，再把乾燒牛肉絲和胡蘿蔔絲塞進去，塞得愈滿愈過癮。阿紅連吞三個，問店員有沒有榨菜肉絲，另上一碟，又塞多幾個燒餅。

不行了，不行了，大家都飽得食物快由耳朵流出來時，利用剩餘食物，把烤鴨的殼斬件滾湯，下豆腐粉絲和白菜，滾得湯呈乳白色，喝時把剩下的鴨腿骨邊肉也啃了才肯罷手。

這時最精彩的山東大包上桌，事前已問各人要幾個？有的說一個，有的說一個分三人吃，結果發現那麼大的包子，原來裏面的是雜肉碎和粉絲白菜等蓬蓬鬆鬆的東西，不會填肚，包子皮又薄又甜，鞋子那麼大的一個山東大包，我們一人一個，吃個精光，結果打包的只剩下一人一個。飯桶事後說翌日翻熱了吃，更是精彩。

不能再吃了，減肥要前功盡廢了，甜品跟着上，有高力豆沙，皮是蛋白加麵粉做的，發酵得又鬆又軟，像吃空氣，豆沙又甜美，當然又吃

精光。

第二道甜品是蓮子拔絲，香蕉拔絲吃得多，蓮子拔絲更是神奇，當然不放過，焦糖黐底的部份更是美妙，完全不剩。

埋單，不到飯桶帶來的酒價的五分之一。大家互相擁抱道別，約定下次去Chesa再大幹一番。

食儒

農曆新年之前，去了一趟潮州。

潮州？是汕頭嗎？是潮陽嗎？是揭陽嗎？是澄海嗎？是汕尾嗎？很多人到現在還搞不清楚。

潮州，是一個地方的名字，自古以來，就是一個府。潮州府有很多文字記載，當汕頭只是一個海港時，只有潮州府的人才能稱為潮州人，他們自己又不叫自己是潮州人，只叫府城人。

汕頭近年來經濟發展得較潮州迅速，成為一個大都市之後，也叫潮汕人了。潮州從前有很多古蹟和牌坊，整條街林立，是個古城，如果你的地理還是想不出的話，就是一個大阪，一個京都。

文化大革命後諸多破壞，潮州變得沒落，後來把古蹟修復，也有點像電影裏的布景了。

吃的方面，汕頭出現了很多新餐廳，潮州反而沒甚麼，但要找原汁原味的潮州菜，還是得去潮州，這就是為甚麼「食儒」第一家店要開在潮州，而不是汕頭。

「食儒」這個名字取得很好，不知道要比「吃貨」高雅出多少，而「儒」的發音像「如」，在潮州話中，有「好」、「高尚」、「美麗」的意思。

這次是透過亞姐張家瑩的緣份來到，她有一個表哥是潮州人，經過她，請了我們去剪綵。我已經很久沒來潮州了，表弟洪鐘一家人還住在那裏，乘機大家聚聚。

「食儒」的女老闆許雪婷，年紀輕輕，一向喜歡飲食，向父親一說，召集了一班老友，大家都成為這家店的股東，一下子達成了她的願望。

去到一看，發現這個主意對極了，店裏賣的都是地道的潮州小食。潮州小食，不是打冷嗎？也不對，走的是茶餐廳路線，店裏裝修得大方乾淨，很適合年輕人聚集。

賣的是甚麼呢？我先試吃，看見鋪在餐桌上的菜單紙，林林總總。第一道吸引我的就是「粿汁」，這種非常地道的小吃可以當早餐或午餐，一般都是把曬乾了的米餅煮成，這裏用的是古法，把米漿現煮出來，吃時淋上滷肉的醬汁。粿汁又黏又軟又綿，你沒有吃過，不知它有多麼的美味，一碗才賣二十塊人民幣。

當然，要多加一份滷味才完美，滷味之中有滷豬皮、滷豆卜、滷鵝、滷粉腸等等，吃得不亦樂乎。當然，我這個貪心的食客，不會放過普寧豆醬雞和潮州牛腩。

打着試菜的旗號，我幾乎把店裏所有的小吃都叫來嘗一嘗，

「炒糕粿」這一道小吃，大喜，即來一份。所謂的糕粿，是像蘿蔔糕一樣先用米漿蒸出一大鍋來，接着再切成長條，然後下豬油，把長條爆香，煎成略焦狀態，淋甜醬油、魚露，打個蛋翻煎，最後下韭菜。這種小吃從前在香港的南北行小巷中出現過，當今只有皇后街一號的熟食中心的「曾記」可以找到，如果你看了這篇文章忍不住，就先到那裏去試一碟吧。

用來煎糕粿的是一個圓形的大平底鍋，和煎蠔烙是一樣的。蠔烙和水瓜烙大家吃得多，這家店還賣煎「薄殼米烙」，更難得的是「豆腐魚烙」。豆腐魚就是香港人叫的九肚魚，肉過份的柔軟，通常用來煲冬菜粉絲湯。店裏用肥大少骨的九肚魚，煎後肉硬一點，更加好吃，這種魚很甜，如果各位沒吃過一定要試一試。

豬雜湯也是一絕，店裏下「珍珠花菜」，這種蔬菜其他地區罕見，潮州大把，豬雜湯缺乏珍珠花菜就沒有了靈魂，香港也賣豬雜湯，但可

惜已用西洋菜代替。

我喜歡吃麵，要了一客，上桌的是乾撈麵，但用芝麻醬拌的，這才地道。其他麵有達濠魚丸、牛肉丸、牛筋丸和魚餃麵。

試了腸粉，和香港的不同，淋上的醬是花生沙茶醬。要吃粿嗎？可煎鼠殼粿、乒乓粿、芋粿、筍粿、芋頭粿、薄殼米粿和經典的潮州紅桃粿，裏面包的食材最多，各種肉類之外，還有減肥人士最怕的勝粕，那就是豬油渣了。

其他鹹點有特色的甘同粿、鱟粿、鹹水粿，另有粿條卷、潮州肉糉、豬腸灌糯米、香酥豬腳圈、豆腐魚春卷、滷香煎蛋角和鳳凰浮豆乾。

更有數不清的甜品，不一一介紹了。

但是，要舟車勞頓地跑到潮州一趟，是不容易的，我們乘五十分鐘的飛機到揭陽機場，再轉車，機票又貴，機上只有幾包乾果吃，回程如果坐汽車，要五六個鐘，又怕遇到春節塞車，還是放棄，乘高鐵回港，高鐵兩小時，到深圳又要轉車過關才能回到香港，去一趟可真的不容易。

好消息，「食儒」有開連鎖店的打算，很快就會到深圳開一家。連鎖店的經營也不簡單，我建議許雪婷小姐，向「撒椒」的老闆娘李品熹學習，她的成功，是親力親為，每天用心地改進，從消費者的角度出發，當自己是客人，想吃多一點甚麼免費贈送，擔心地溝油嗎？把剩下的油和辣椒打碎後打包讓你拿回家去，都花了很多心思，能夠做到這一點，已成功了一半。

地址：潮州市環城南路永泰花園15-16號

電話：+86-0768-252-7777。

神田

多年前，當我的辦公室設於尖東的大廈裏面時，結識了一位長輩，精通日語，成為忘年之交，他開了一家叫「銀座」的日本料理，拜託我幫忙設計餐飲，我也樂意奉命，一天，他說：「替我找個日本師傅來客串半年吧。」

那時我和日本名廚小山裕之相當稔熟，就打個電話去，小山拍胸口說：「交給我辦。」

派來的年輕人叫神田裕行，在小山旗下餐廳學習甚久，二十二歲時已任廚師長，對海外生活和與外國人的溝通更是拿手，我們就開始合作了。

和神田一齊去九龍城街市購買食材，他說能在當地找到最新鮮的代替從日本運來的，一點問題也沒有。當然主要的還是要靠北海道、九州和東京進口。

我們安排好一切，神田就在餐廳中開始表演他的手藝。我一向認為要做一件事就要盡力，連招呼客人的工作也要負責，白天上班，晚上當起餐廳經理來，這也過足我的癮，從小就想當一次跑堂，也想做小販，這在書展中賣「暴暴茶」也做到了，一杯賣兩塊錢，收錢收得不亦樂乎。有了神田，銀座日本料理生意滔滔。

最後神田功成身退，返回東京，也很久未曾聯絡，不知去向，直至《米芝蓮指南》在二〇〇七年於日本登陸，而第一間日本料理得到三星的，竟然是神田裕行。

當然替這個小朋友高興，一直想到他店裏去吃一頓，但每次到東京都是因為帶旅行團，而早年我辦的參加人數至少有四十人，神田的小餐

廳是容納不下的。

我的人生有許多階段，最近是在網上銷售自己的產品，愈做愈忙時，旅行團的次數已逐漸減少，但每逢農曆新年，一班不想在自己地方過年的老團友一定要我辦，否則不知去哪裏才好，所以勉為其難，每年只辦一兩團，而且人數已減到二十人左右。

今個農曆年，訂好九州最好的日本旅館，由布院的「龜之井別莊」，第一團有位，第二團便訂不到了，我把第二團改去東京附近的溫泉，又在臉書上聯絡到神田，他也特別安排了一晚，在六點鐘坐吧枱，八個人吃，另外在八點鐘開放他的小房間，給其他人。

一齊吃不就行了嗎？到了後才知道神田別有用心，他的餐廳吧枱只可以坐八人，包廂另坐八人，那小房間是可以讓小孩子坐的，他的吧枱，一向不招呼兒童，而我們這一團有一家大小。

去了元麻布的小巷，找到那家餐廳，是在地下室，走下樓梯，走廊

かんだ

盡頭掛着小塊招牌，是用神田父親以前開的海鮮料理店用的砧板做的。沒有漢字，用日文寫着店名。

老友重逢，也不必學外國人擁抱了，默默地坐在吧枱前，等着他把東西弄給我吃。

我們的團友之中有幾位是不吃牛肉的，神田以為我們全部不吃，當晚的菜，就全部不用牛肉做，而用日本最名貴的食材：河豚。

他不知道我之前已去了大分縣，而大分縣的臼杵，是吃河豚最有名的地方，連河豚肝也夠膽拿出來，因為傳說中只有臼杵的水，是能解毒的。

既來之則安之，先吃河豚刺身，再來吃河豚白子，用火槍把表皮略烤，若沒有吃過大分縣的河豚大餐，這些前菜，屬最高級。

和一般蘸河豚的酸醬不同，神田供應的是海鹽和乾紫菜，另加一點點山葵，河豚刺身蘸這些，又吃出不同的滋味。

再下來的鮟鱇之肝，是用木魚絲熬成的汁去煮出來，別有一番風味，完全符合日本料理之中的不搶風頭，不特別突出，清淡中見功力的傳統。

接着是湯。吧枱後的牆上空格均擺滿各種名貴的碗碟，這道用蝦做成丸子，加蘿蔔煮的清湯盛在黑色漆碗中，碗蓋畫上梅花，視覺上是一種享受。

跟着的是一個大陶盤，燒上原始又樸素的花卉圖案，盤上只放一小塊最高級的本鮨，那是日本海中捕捉的金槍魚，一吃就知味道與印度洋或西班牙大西洋的不同，刺身是仔細地劏着花紋，用小掃塗上醬油。

咦，為甚麼有牛肉？一吃，才知是水鴨，肉柔軟甜美，那是雁子肉，烤得外層略焦，肉還是粉紅的。「你們不吃牛，模仿一塊給你們吃。」神田說。

再來一碗湯，這是用蛤肉切片，在高湯中輕輕涮出來。

最後神田捧出一個大砂鍋，鍋中炊着特選的新米，一粒粒站立着，層次分明，一陣陣米香撲鼻。

沒有花巧，我吃完拍拍胸口，慶幸神田不因為得到甚麼星而討好客人，用一些莫名其妙所謂高級的魚子醬、鵝肝之類來裝飾，這些，三流廚子才會用。神田只選取當天最新鮮最當造的傳統食材，之前他學到的種種奇形怪狀、標新立異的功夫，也一概摒除，這才是大師！

不開分店，是他的堅持，他說開了自己不在，是不負責任的，如果當天吃得好，不是分店師傅的功勞，吃得差，又怪師傅不到家，怎麼可以？對消費者也不公平，但這不阻止他到海外獻藝，他一出外就把店關掉，帶所有員工乘機去旅行。

神田從二〇〇八到二〇一七年連續得米芝蓮三星。

地址：東京都港區元麻布 3-6-34

電話：+81-3-5786-0150

廬山煙雨浙江潮

每次上餐館，看到廚師把珍貴食材亂加，我就反感。

魚子醬、鵝肝和黑白松露，已變為西餐三寶，去到甚麼高級餐廳，如果沒有這三樣東西，好像生意就做不下去了，點了拿出來的也只是些低級劣貨，像魚子醬都是鹹死人，一點味道也沒有的。鵝肝也不肥美，有時還拿鴨肝來冒充。客人吃不出來，有甚麼米芝蓮星嘛，都大聲叫好！黑白松露不合時宜，香氣盡失時也夠膽上桌，還有一些添了一點點意大利公司做的松露醬，就要賣高價。最可憐的是廣東點心，與其加幾滴甚麼味道都沒的松露醬，不如放點石油吧，反正石油味道更接近松露。

討厭的土豪大廚更是俗氣，把一大塊匈牙利產的次等鵝肝硬塞在烤乳豬肉下面，大家一試都拍爛手掌，結果太過油膩，每個人回家都拉肚子。

近來西廚將日本食材捧上天去，大聲小聲尖叫，這是Umami！這個日本字原來的意思是鮮，日本人從來不知鮮字，用了Umami代替，西廚學到這個發音，驚為天人，開口埋口Umami！

忽然，他們又學到一個新詞，叫Uze。這個字從柚子得來，日本的柚子與我們的不同，是小若青檸的東西，從前放一小塊在土瓶蒸裏面加味，當今已變成了甚麼神仙調味品，不但醬油、辣醬，連冰淇淋也加了，像是一道魔法。

都給米芝蓮害死，一些給分的人根本不懂得日本菜的奧妙，近來有些日本大廚會講幾句英文，說明了給他們一聽，就拼命加星了。

我們更是可憐，學西餐在碟上用醬汁畫畫，就稱為甚麼意境菜 精緻菜，我一看便倒胃口，那要經過多少隻骯髒的手才完成的！

近年我愈來愈討厭巴黎的法國菜，要吃三四個小時，等了又等，肚子一餓就啃麵包，菜上桌已飽。法國的鄉下菜一大鍋一大鍋煮出來還能吃得上，巴黎的不管有多少星，請我去吃我也不肯。

還是意大利菜隨和，我可以吃上一兩個禮拜不想嘗中餐。法國的吃一餐，已要即刻躲進三流越南菜館吃一碗牛肉河粉了。

讀今天的《The New York Times》，三藩市出現了一個叫Dominique Crenn的女士，被譽為世界上最佳女廚師，我有興趣去試一試嗎？有的，如果我人在三藩市的話，但不會專程去吃一餐的。

太多了，全球名廚何止她一個？都去嗎？免了，從前也許有這種興致，當今吃來吃去，不過是甚麼用手指去壓壓才知煎魚煎得熟不熟的西餐太多，真的不想吃了，如果吃過香港的蒸魚，就已經足夠了。

吃牛肉嗎？西方的牛再好，也不夠日本和牛軟熟。但是和牛沒甚麼

特色美食

廬 Lu Shan 山
風味小館

牛味，還是美國的好，美國人說。那麼你去吃吧，我去吃日本的，而且還要選三田牛才吃，不然那麼一大塊，單調得像傳道士式的做愛，受不了的。

螃蟹呢？吃過了福井的越前蟹，其他日本的都不必吃了。韓國的醬油蟹，把白飯混進蟹蓋中，和肥美的蟹膏一起吃，讓人也要流口水，不然吃中國的醉蟹，也滿足矣。

甚麼都吃過了，沒有東西引起我興趣嗎？也不是，世界之大，三世人也吃不完。某些特有的食材和做法，還是很吸引我的。

舉個例子說，只在威尼斯和漳港生產的一種叫漳港蚌，生長在閩江和東海交界，用老母雞加豬骨熬湯，然後把蚌肉拉出，順着蚌肚片一刀，洗淨，放大碗中，然後把高湯將蚌肉燙熟就行，是我有興趣去吃的。

另一種以前在年輕時旅遊意大利，經過在《粒粒皆辛苦》一片中出現意大利產米地區，把米塞入鯉魚肚中炊熟的飯，很多意大利人聽都沒聽過，是我想再吃的，這次我將去意大利，會特別到這地區去，再吃一次。

說起白飯，我是吃不膩的，老了愈來愈注重白米飯質量，要吃日本米，就要吃新米，舊米香味盡失。中國的五常米並不輸給日本米，煮起粥來黏黏稠稠，香到不得了。

有些米的質量並不高，但做法特別，像越南峴港人，把米放進一個二十世紀梨般大的陶缽裏面，燒熟後把陶缽打碎，取出四面都是香噴噴的飯焦來。喜歡飯焦的人吃了一定大叫過癮，可惜做陶器的人少了，聽說快要絕種了。另外，福州人把白米放進一個草袋中，掛於鍋邊炊出來，也好吃。

海膽也被西廚捧上天，甚麼星級廚師的前菜都少不了海膽。加拿大人說：「我們的海膽又肥又大。」對的，是肥，是大，但一點香味和甜

味都沒有，要吃海膽，還得到北海道去吃，名字難聽，叫馬糞海膽，其實最為甜美，當今已快被吃得絕種，快去一個叫積丹的海邊去生剝，吃過了就不想吃其他地方的了。

像蘇東坡的詩「廬山煙雨浙江潮，未到千般恨不消；既重來到無一事，廬山煙雨浙江潮。」恨不消這三個字在我來說已不再有興趣，可以吃到甚麼就吃甚麼，是我當今的心態，真的沒有甚麼大不了的了。

南伶酒家

這回大陸之行有兩個任務，一個是到湖州去拍一個酒的廣告，另一是到鄭州去探望一個老朋友。

先從香港到上海，湖州由虹橋機場去比較近，港龍有直飛航班，當今國泰和港龍已合併，分不出哪家是哪家了，其實乾脆叫國泰好了。

早上八點的航班，只需兩個鐘飛行時間，約了友人在「南伶酒家」吃中飯的，結果七等八等到達時已是下午一點半，讓朋友久候了。

上次來吃，留下深刻印象，「南伶酒家」雖說是賣揚州菜，但已是香港人心目中的「老上海菜」，老老實實的濃油赤醬，我吃得津津有味，從此到了上海，好吃的店有阿山飯店、汪姐的私房菜、老吉士、小白樺

的名單上，加上南伶。

南伶的老闆叫陳王強，老店開在京劇院旁的一座小洋房，曾是周信芳的故居，認識京劇界許多朋友，所以索性把餐廳名字也叫南伶」。

老店被政府接收後，新的開在靜安區的嘉里中心南區商場，地方也容易找，進門處就掛了一幅胡蘭成的字，裏面牆壁多是當年京劇界名家的作品。

和陳王強相談甚歡，後來為攜程組織了一團去日本福井大吃大喝，陳王強也參加了，兩人更加稔熟。這次該團的團友們聽到我來上海，也都要來，陳王強就為我們辦了一桌，說我上回去餐廳時只叫了幾個菜，這次人多，可以齊全一點，我就不拒絕他的好意了。

一上桌我就大喜，看到了我喜愛的「搶蝦」，這道菜對我這個南洋出生的人是陌生的，第一次接觸是在台北，當年還有許多老兵開滬菜館，在西門町鐵道旁的一幢三層樓的長形建築中開了多家，我一間間去試，選中其中一家吃了新鮮搶蝦，活蹦蹦地跳着，盛在一個大碗之中，上面用碟子蓋着，以防跳了出來。

吃時先倒入一杯高粱酒，一方面讓蝦醉了，一方面説可以消毒，等蝦安靜下來，便一隻隻抓了出來，按照蝦身的弧形用門牙一咬，一吸，就把生蝦肉吸了出來，之前沾着的腐乳和花雕攪成的醬調味，真是天下美味。

吃剩的蝦殼是透明的，一隻隻排在碟子邊緣，成為一圈，美妙得很。經過長時間訓練，我變為吃搶蝦專家，來到香港後，大上海飯店也賣這道菜，常和岳華去吃，後來把恬妮也引導了，她一吃上了癮，嫌餐廳賣得貴，在自己的公寓買了一個魚缸養了一大堆活蝦，每天非吃上三兩碟不可。

後來上海傳説有黃膽病，大家都不敢吃生蝦了。事隔多年，這回吃了，重施故技排成一圈，坐在旁邊的年輕人從來沒有見過，連女侍應們

也嘖嘖稱奇，大家都舉起手機拍照。

當天的冷菜除了搶蝦，還有糖醋小排、熏魚、素火腿、豆瓣酥、切豬肝、熗虎尾等；熱菜有烤鴨、油爆河蝦拼甜豆、拆骨魚頭、葵花斬肉、紅燒划水、苔菜黃魚、揚州乾絲、蜜汁火方、酒煮草頭和蘿蔔絲鯽魚湯等，都是和從前在香港大上海吃的味道一模一樣，非常難得。

揚州菜注重刀功，我卻對經過手掌溫度的甚麼幼絲豆腐有點怕怕，連師傅的揚州乾絲也不想去吃，但是嘗到師傅的拌腰片，那豬腰絲切得像紙一樣薄，又有整個腰子那麼大的一片片，倒是非常欣賞的。

苔菜黃魚也久未嘗此味了，從前邵逸夫先生一到東京必吃，沾生生的大黃魚在香港不多，日本倒是大把，因為日本人不會欣賞。我們常叫大大尾的黃魚，一點就是三吃：紅燒黃魚、苔菜黃魚和大湯黃魚，真是鮮美！苔菜黃魚又叫苔條黃魚，把背上的大塊肉切成一條條，沾上麵粉和海苔一起炸，皮雖然沒有天婦羅那麼薄，但苔菜粉調味調得好，肉又

鮮，當今吃起來還是有大把回憶。

地址：上海市靜安區延安中路1238號，靜安嘉里中心南區商場三樓

電話：+86-021-6467-7381

飽飽，謝謝陳王強兄的款待，我一向不白吃白喝，但已當他是朋友，就不臉紅了。

從上海再坐一個半小時的車，就到湖州，湖州我來得多，是到老恒和看他們的醬油製作，這回到湖州的另一邊，去了一個叫南潯古鎮的地方。酒公司租了一間大宅，就在裏面拍廣告。

先在一家叫「花間堂求恕里精品酒店」住了一晚，當今這些古鎮都設有安縵式的小酒店，但並不是住得十分舒服，就在食堂胡亂吃了一餐，倒頭就睡，並不安穩。

晨早起床出來，所謂的古鎮，有溪流有小艇，但都是花花綠綠的現代化、遊客化。一切，都像片廠裏的佈景。

移師到大宅去拍攝，本來講好是拍一些在手機裏播放的宣傳鏡頭，到了一看，有上百個工作人員，又打燈又鋪軌，儼如電視廣告片的大製作。我工作態度好，既來之則安之，乖乖聽導演話，一拍就拍了十多個小時，江南二月還是陰陰濕濕，冷得要命，也沒訴苦，埋頭拍攝。一隊工作人員服侍我一個人，也有點周潤發一般大明星的感覺。拍廣告，我不是最紅，但肯定是最老。哈哈。

重新發現福井

重新發現福井

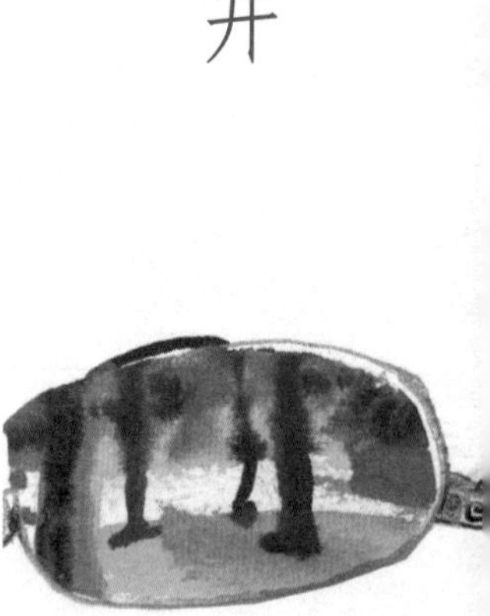

「你去了日本那麼多地方，最喜歡哪裏？」常有人那麼問我。

北海道我最熟悉，當然喜愛。山形縣也好，乘着小船看最上川的春夏秋冬各不同的風景，又有美酒「十四代」喝，真不錯。夏天最好當然是岡山，有肥滿得流出甜汁的水蜜桃，入住的那家酒店對面有河流穿過，岸邊噴出溫泉，男女老幼都赤條條地浸着，晚上享受老闆娘特製的鮎魚麵醬湯，真是樂不思蜀，還有……還有……

但說到最喜愛，最後還是選中了福井。別和有核子發電廠的福島混淆，福井可從上海、首爾直飛小松機場，再乘個多小時的車就抵達，由香港去，飛大阪最近，坐一輛很舒服的火車叫「Thunderbird」的，兩小時抵達，旅館就會派車相迎。

已經去了多次了，和「芳泉」旅館的老闆和老闆娘都混得很熟，「芳泉」的好處在於那二十八間房，每間房都有自己的溫泉，當然要去大浴室也行，不過想多浸幾次，還是一起身就跳進房間裏的露天風呂好，吃完晚飯睡覺之前，照浸不誤，每天連大浴室的，浸個四五次才能叫夠本。

如果只有一兩個人去度蜜月的話，那麼海邊的那家「望洋樓」最舒服，只有七八間房，吃的是一流的螃蟹。說到螃蟹，福井的「越前蟹」一試難忘，不是其他地區可以比較的，也只能到福井去才吃得到，一運到外面就瘦了。

肥大的蟹鉗，吃生的，專家們才能切出花紋來，蘸點醬油吃進口，啊，那種香甜，不是文字形容得出。

另外的刺身有福井獨有的「三國蝦」，生吃一點也不腥，甜得要

命，也從來不運出口。另一種樣子難看，色澤不鮮艷的叫Dasei-Ebi，比三國蝦更甜，只有老饕才懂得欣賞，香港和東京的壽司店從來沒看見過。

介紹了殳俏去，她可以證實福井的蟹和蝦的美味，還在她那本《悅食》雜誌大篇幅介紹。推薦過多位友人去，也都大讚。

螃蟹有季節性，每年從十一月到翌年二月才不是休漁期，甜蝦則全年供應。

其他時期去福井也有大把好東西吃，他們釀的酒「梵」是我喝過最好之一，繼「十四代」之後，應該會最受歡迎。我今年也許會組織另一團，專門去喝這個牌子的清酒，因為和當地人混熟了，酒廠會特別為我開放參觀。通常看出名的酒廠也買不到好的，「梵」會特別為我安排，讓大家大批買回來。除了「梵」，福井還有數不盡的酒莊讓你試喝個不停。

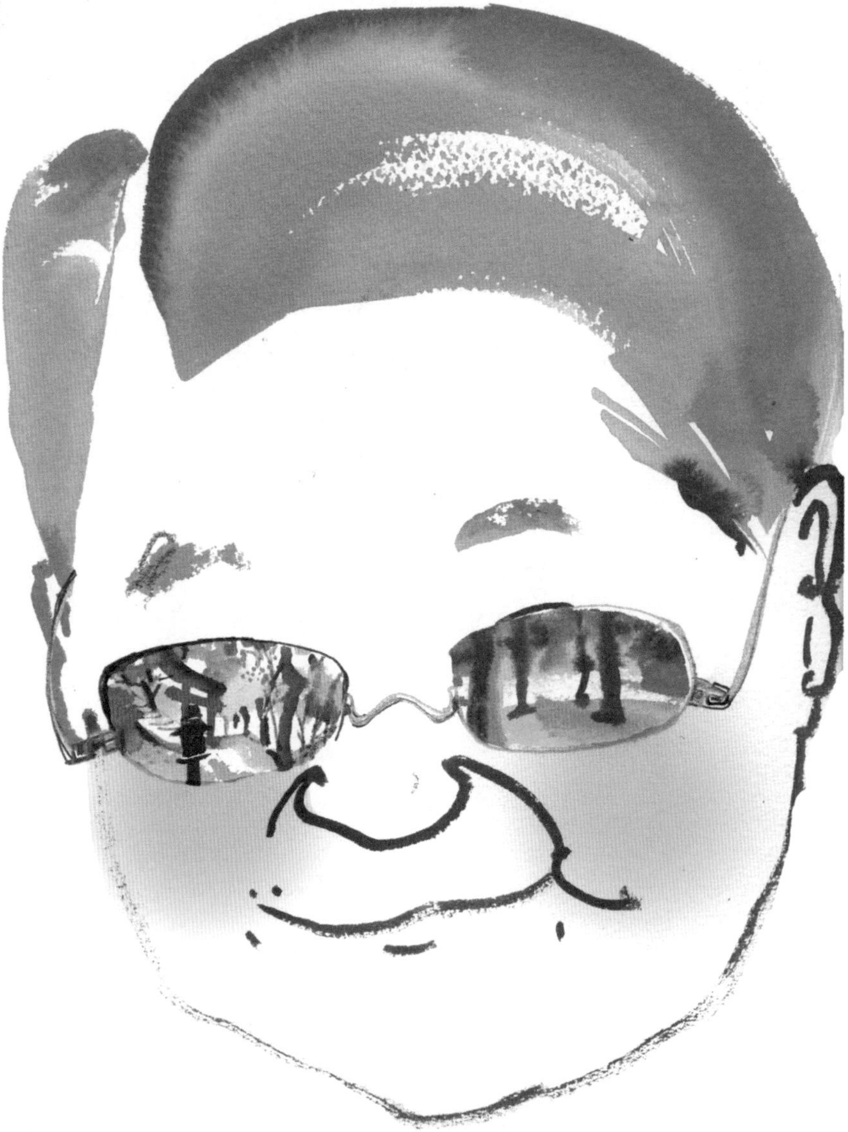

到了春天，福井山明水秀，有一棵樹齡三百七十年的垂櫻，巨大無比，生長在「足羽神社」，見證歷史的變遷，看完了這棵樹，繼而在櫻花大道散步，全長二點二公里，是櫻花森林，日本首屈一指的賞櫻地點，到了晚上燈光照耀，讓你宛如置身夢境。

夏天有盛大的煙花表演，還有「越前朝倉戰國祭」，重現了火繩槍的射擊，另有「不死鳥降臨的祭典」，記念大空襲、大地震、大海嘯等災害之後，大家走出來跳舞，充滿不屈服於逆境的精神。

春天是海產最豐富的季節，夏天有竹莢魚和海螺，另有三大珍味的醃製雲丹。要吃生的，海膽夏天也解禁了，從小生長在福井的人，據說是吃不慣其他地方的魚。

京都、金澤的楓葉美麗，福井的也不遜，「養浩館庭園」是江戶時代福井藩主松平家的別墅，秋天滿山是黃金的紅葉，如詩如畫。

回到冬天，白雪覆蓋，古時代的福井被大雪封路，斷絕了所有交通，但人民在逆境中求生，家家戶戶都開始做金絲眼鏡，造成近代的福井。全國有九十巴仙的眼鏡都是在福井製造，外國名牌貨，也多數在這裏加工，眼鏡業的發達，令到檢測眼鏡的度數非常精準，在這裏配上一副，你會發現看東西清晰得多了。他們最近還出了最輕巧的眼鏡框，稱為紙一般輕的「紙眼鏡Paper Glass」。

大自然、歷史、人文，映照成人民的幸福，福井名副其實，是日本人中最幸福的，教育水平也一直是日本首位，全省住民都彬彬有禮，到了當地就能感受得到。

在福井火車站附近，還可以找到藤野嚴九郎的故居，此君是誰？他是魯迅先生的老師，紹興市也和福井結成友好城市，魯迅也有著作提到藤野，魯迅的兒子也寫過這段友誼，字跡掛在故居的牆壁上。

仔細遊福井，還會發現不少好去處，這也是發現最多恐龍骨的地方，有間恐龍館讓兒童參觀，年紀大的也許不感興趣，可以推薦一個叫

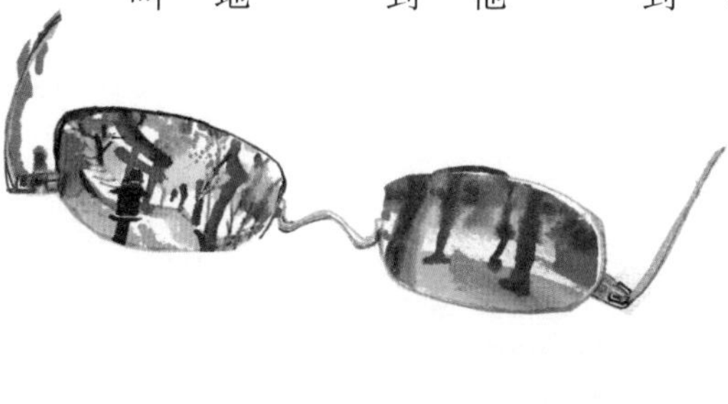

「白山平泉寺」的地方讓大家去散散步。

平泉寺也叫「苔寺」，古木參天之下，滿地的青苔，人們稱為青藍地毯。冬天除外，這裏看到的是一整片的綠色，倒映的水池，也是綠色，還有綠色的台階，讓你一步步地踏上去，禪意盎然。當一個地方去完再去，你便會發現再發現這個地方的好處，除上述的，福井可以參觀的還有製造「和紙」的工廠、陶瓷器的製作，漆器也是聞名的，日本人去到那裏總會帶一雙漆筷子回家，玻璃業也發達，另外可以看武士刀的鑄製。吃的方面，更有肥美的河豚、蕎麥麵和很甜的番薯……

如果說不丹是人民最幸福的國家，那麼福井是遊客最幸福的省份，福井不會讓你失望。

重訪北海道

約五十年前，我在東京當學生時，一到冬天，就往北海道跑，對這個大島很熟悉。日本人去北海道是夏天，他們見慣雪，不稀奇，冬天是不去的。這時候去沒甚麼人，旅館很便宜，可以玩一個痛快。

返港後寫了許多冰天雪地的回憶，國泰本來有直飛航班的，但因客量少而要停航，在最後一班，給了我很多商務位，又有許多讀者看了我的文章，都想去看看，因此有了組織旅行團的念頭。五天四夜，吃住最好的，團費只需一萬港幣一位，即刻爆滿。

參加過的人都滿意，要求一去再去，這時只好飛東京，再轉機去札幌，舟車勞頓，也反應奇佳。剛好無綫電視策劃一個叫《蔡瀾歎世界》

的節目，由國泰旅遊贊助，我和李珊珊主持，第一站拍的就是北海道，而且帶了李嘉欣，在露天大雪地泡溫泉，反應奇佳。

有生意做了，國泰也恢復了直飛札幌的航班，後來成為他們最賺錢的一條航線，這些事，當時的CEO陳南祿先生可以證明。

這麼多年來我們去遍了北海道東西南北，阿寒湖、淀山溪、網走等等，是最熱門的行程，有一次和陶傑合作，叫「雙龍出海」，一團有一百二十位團友參加。

日本人是後知後覺的，他們的日航和全日空都不設直飛，國泰賺個滿鉢，北海道人更不會做生意，好的溫泉旅館不多，後來才有「鶴雅」這個集團看準了市場，在各個點建了最好的旅館，當中距離札幌的千歲機場最近的，是「水之謌」，吃住一流，我們一去再去，但後來在日本各地找到更好的住宿，好像已經把北海道忘記了。

我的結拜兄弟李桑在馬來西亞有間叫「蘋果旅遊」的旅行社，已經做到一年有數十班包機從吉隆坡去北海道，邀我帶一個高級的團，也就欣然答應，再走一趟。

當今冬日的札幌，充滿海外客人，一年有幾百萬的遊客，到處可以聽到講國語的人，全市商店也聘請了會講國語的僱員，自由行也一點問題都沒有。

我們在札幌最喜歡去的是一家叫「川甚」的料亭，早年是招待高官達人的藝伎屋，當今芳華已逝的老闆娘還是風韻猶存，和我們的客人又唱歌又跳舞，食物也好吃得不得了，尤其是最後那道日本糉子，百吃不厭。

「你去的地方都很貴，有沒有便宜的可以介紹？」這是許多認識的人問我的。

有，有，這回時間多了，到各處去搜尋，札幌市內有一家叫「角屋」的鰻魚店，非常大眾化。從前鰻魚飯這種日本獨有的料理很少人欣

賞，但一吃上癮，在其他國家又不開這種專門店，所以很多人去到日本一定去找來吃，下回去札幌，不妨光顧。

「角屋」鰻魚店

地址：札幌市中央區南4條西2丁目Tokyu-Inn地下層

電話：+81-11-531-1581

在札幌市中央區南4條西2丁目Tokyu-Inn地下層，全層有許多又便宜又好吃的店，Cairn別館的鐵板燒很不錯，老闆是個香港迷，最會招呼外國客人。Cairn這個字爬山的人才知道是甚麼，經過的雪地上用石頭一塊塊堆積成的小丘當記號，就叫Cairn。

其他還有「江戶八」，賣牛肉火鍋，天婦羅有新宿Tsunahachi的分店，很吃得過。更有燒雞的專門店「車屋」，另外要吃壽司的、芝士火鍋的，都可以在同一層找到。

當然，去了北海道一定要吃海鮮，在中央市場的「北之美味亭Kitano Gourmet」最大眾化了，吃一條香港最貴的「喜知次Kinki」，也只是香港的三分之一價錢，燒來吃最佳，但是懂得吃的人還是會點用醬油煮出來的。冬天喜知次全身是油，不可錯過。另外有只生長在北海道的一種很特別的魚，叫「八角Hakkaku」，介紹給團友，都讚不絕口。更值得吃的是「牡丹蝦Botan-Ebi」，比甜蝦大幾倍，啖啖是肉，鮮甜得不得了。響螺在潮州吃很貴，北海道的便宜得發笑，但個頭沒有潮州那麼大，來個刺身，另有一番風味。

地址：北海道札幌市中央區北11條西22-4-1

電話：+81-11-621-3545

但要吃最高級的壽司，還是得去價錢貴的，在丸山區的「壽司善」本店是我最愛去的。必須訂座，鑑於有很多外國客人訂了位又不去，損

失不少，店裏當今有另一套制度應對，那就是要先付一萬円保證，不到了就沒收，看來他們是吃盡苦頭。

其他常去的有「忘梅亭」的海鮮大餐，有刺身火鍋等等。你可以說留了肚子，去機場才吃北海道著名的拉麵，但一去到機場內的拉麵街，才知道大排長龍。

大排長龍的還有入閘的海關，一條蛇餅，圈完又圈，遊客實在太多。那條龍一排至少四十分鐘，一不小心就趕不上飛機，北海道人還是不知道怎麼應付，從數十年前的入閘要排長龍到現在，死性不改，是札幌機場的一大缺點，小心，小心，小心。

一定得提早到機場，一去到，才發現札幌機場有全日本最大的商店街，甚麼哈囉吉地、多拉艾文的專門店裏商品應有盡有，這一來，又要趕不上登機了。

重訪鄭州

從上海到鄭州，我把飛機行程算了算，結果還是選乘四小時的高鐵。本來還可以在南潯古鎮住多一晚，翌日就可以避免上海的堵車，但是拍完廣告後，還是漏夜趕回上海這文明都市，下榻我住慣的花園酒店。

抵達時已是晚上九點，到酒店裏的「山里」，隨便叫了一個鰻魚飯，吃飽了可以趕快睡覺。「山里」雖說是城中最好的日本料理之一，但所做的鰻魚飯，一看湯就知不正宗，上桌的是麵豉湯，不是鰻魚飯應該配的鰻魚肝腸清湯，但已疲倦，不去講究了。

安安穩穩地睡了一夜，隔日一早乘車到火車站，走好長的一段路，

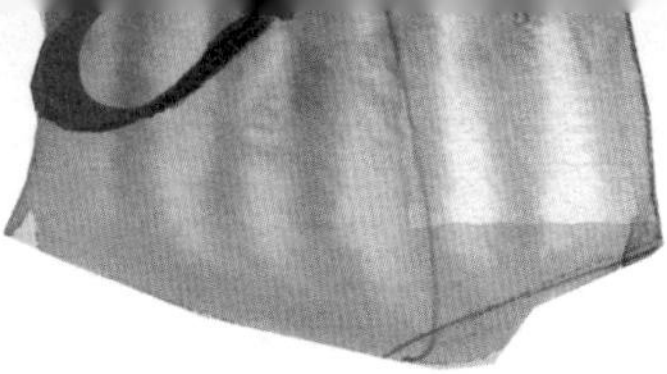

才登上月台，下車時路更遠，這是坐高鐵須遭的老罪。

便利店裏吃的東西應有盡有，買了肉包子、糭子和一大堆零食，把上回乘高鐵時吃便當的陰影忘記了，口袋中還有許多包旅行裝的老恒和太油醬油，買足了保險。

這四個小時的行程過得不快也不慢，中間還停了沒有去過的無錫，這是我繪畫老師丁雄泉先生的故鄉，一直嚷着要去走走，下次決心一遊。也經南京，已到過，秦淮河河畔的仿古建築都像為了拍電影搭建出來的，東西也不算好吃，南京沒有特別的事，是不會再去的。

口寡，剝開一包雲片糕，車站買的有各種味道，甚麼綠茶、巧克力之類，吃了一包原味的，把牙齒黐得口也張不開，送給同事們，他們也不要。

睡睡醒醒，買了「金庸聽書」，這個app很容易找到，我是整套買的，播播停停，並不像外國錄音書那麼流暢，但金庸作品總是吸引人，想盡辦法也得聽下去，是旅行的好伴侶。

終於抵達鄭州，入住的酒店事前有幾家讓我選擇，我決定了「文華」，到了一看，此文華非彼文華，是「萬達文華Wanda Vista」，英文名沒有Mandarin一字，避免法律糾紛。

是在一座大廈裏面的，學足西方，大堂設在四十八樓，再往下走，房間很新，裝修方面有說不出的土氣，馬桶沒有噴水。發現熱得要命，牆上的空調器怎麼按，也低不下二十七度。熱得難耐，請工作人員來調，說是熱水器沒冷卻下來，把窗戶打開小縫就可以人工降溫。既來之則安之，不再投訴。

放下行李，已到晚飯時間，便往外跑，從北京來的好友洪亮兄已抵埗，還有一位叫「戰戰」的美女食家陪同。

洪亮是我最信得過的朋友，他是著名相機哈蘇的客務經理，要到大陸各地去為產品設講座。工作之餘，就勤力地去吃和寫文章拍照片，他

的口味高級，評論公平，根據他介紹過的去找，沒有一次失望過，有了他的陪同，這次的鄭州之行不會錯過當地美食，而且鄭州他也來過多次。

在鄭州的第一餐吃甚麼？

當然是最有代表性的燴麵了。

鄭州的燴麵，分原湯和咖喱味。咖喱味？一聽就知道是近年傳下，古時候誰會吃咖喱？當然選原味的。洪亮選了兩家出名的，其中一間只賣咖喱，另一家兩種都有，我兩種都想試，就選了「醉仙燴麵館」，地點在四廠，四廠指的是鄭州第四棉紡廠。但這家人說最早的燴麵，也是咖喱，反正兩種都有，試試就知哪種好吃。

最先上桌的是涼菜，涼拌豆角和熗拌土豆絲，都沒有甚麼吃頭，接着是燴丸子，燴也可說成炸，這一碟十顆左右的大肉丸子，因為麵粉下得多，本身沒甚麼肉味，喝了一口湯，也淡如水。

金庸
粽

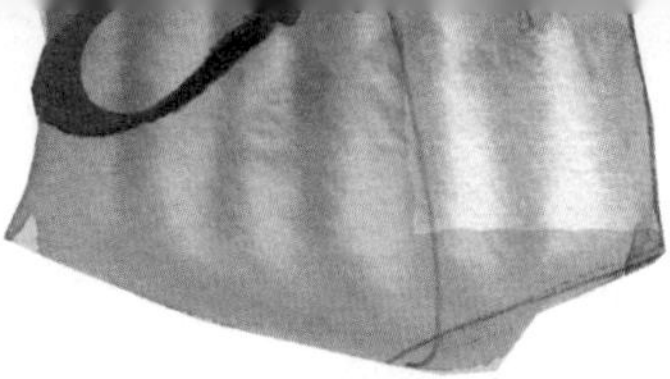

接着是炖小酥肉，一大碟包着麵粉的肉條，炸了再煮，不酥，也沒有肉味。我不能一直嫌棄，鄭州人吃慣的東西，鄭州人一定喜歡，我們外來的就不怎麼欣賞。

再下來的羊脊骨就好吃了，脊骨中間都露出一條條很長的骨髓，我專挑來吃，骨旁的肉不多，但慢慢撕，慢慢嚼，很美味，或者，凡是與羊有關的，我都覺美味吧！

好了，主要的燴麵終於上桌，一看，麵條是闊的，但不像西安的biang biang麵那麼闊大，麵上有點豬肉，再上面的是大把的芫荽，湯上還浮着大量的芝麻，共有兩碗，一碗是原味，一碗是咖喱。

先喝湯，極鮮美，一如所料，還是原味的好喝，很濃，麵雖寬闊，但也不硬，煮得軟熟，吃呀吃呀，結果兩碗麵都吃得精光，鄭州燴麵，是值得一嘗的，洪亮沒介紹錯。

地址：鄭州市中原區棉紡路

電話：無資料

回到酒店，說洗手間熱水管爆了，我放在裏面的內衣褲也被弄髒，安排我換了一間大套房，這回可好，有噴水坐廁，結果也糊裏糊塗睡了一晚。

翌日起床，到鄭州四處閒逛，全市大興土木，和我十八年前來的完全兩樣，鄭州位於全國中央，是從前所謂的中原，各地交通和貨物都要來此轉運，經濟非常發達，原來我們住的是新區，舊區倒是沒有甚麼變化，空氣和其他省一樣，被霧霾籠罩，灰灰暗暗。

一大清早就由洪亮帶路，去吃鄭州另一代表性的食物：胡辣湯。

最出名的一家叫「方中山」，已發展為連鎖店，所做的湯料，也賣到海外，在澳洲也可以在中國超市找到。

胡辣湯是甚麼東西？和名一樣，糊糊塗塗，濃稠的湯汁流掛在碗

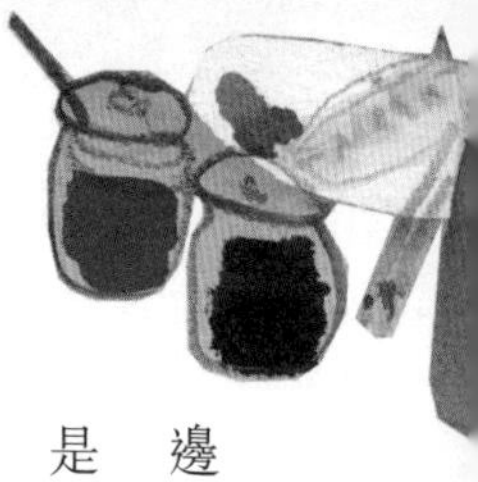

邊，也不擦去，這也許是特色之一吧！先喝一口，沒想像中的辣，其實是一碗大雜燴，裏面有牛肉、花生仁、黃花菜、木耳、麵筋等，熬到一定程度調芡粉注入，最關鍵的調味料是胡椒和醋，做成的湯呈暗紅色。還有，忘記講的是下粉皮或粉條，鄭州人的食物，甚麼都加粉皮或粉條。

除了湯，還有牛肉盒子，那是一塊填滿了牛肉碎的餅，另有葱油餅、肉包子和素包子。著名的豆腐花，吃鹹的還是吃甜的？北方吃鹹，南方吃甜，鄭州在中間，鹹甜都有，加在胡辣湯上吃也行，單獨吃亦可。

老闆方中山親自相迎，人很和善，大家拍了不少照片。

地址：鄭州市金水區紫荊山路與順河路交叉口（近順河路）

電話：+86 0371-6630-2188

中午洪亮帶去「宋老三蘇肉老店」，賣的「原油肉」是清真料理的一道名菜，用的是肥瘦相間的羊肋條肉，下鍋煮至筷子能捅進去的軟熟度，帶脂肪的朝天，切成長條，然後用老抽、香料、麻油拌勻。瘦的一面置於碗底，葱段、八角，放回籠去蒸爛，最後加湯，因為不加其他油，只以原油蒸製而成，故稱原油肉。

喝了一口湯，濃郁之至，羊味剛好。當然有羊味會羶，怕羶的人別嘗，浪費上好的羊肉。湯有肥的或不肥的，我當然選前者，吃羊不吃肥，甭吃。

地址：鄭州市管城區管城街（近法院東街）

電話：+86-136-2984-4078

晚上，到「巴奴」吃火鍋，我的讀者都知道我對火鍋的興趣不大，為甚麼去了？我最愛吃的是毛肚，而他們的主要食材就是毛肚，很久之

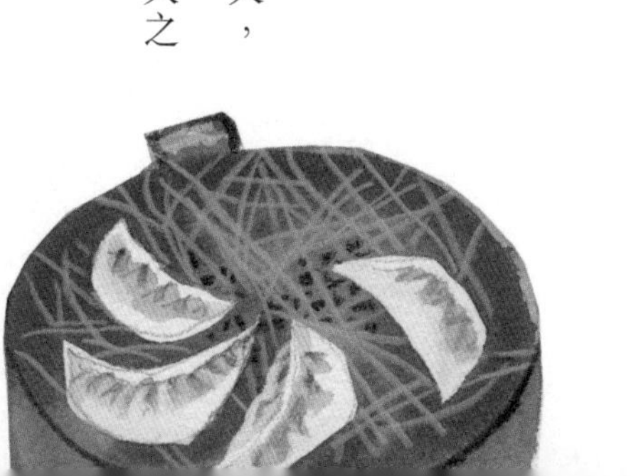

前吃過一道毛肚開膛的菜，印象深刻。到了店裏一看，一盤盤的，都是洗得乾乾淨淨的毛肚，一片片，手掌般大，洗是洗得乾淨，其實還是黑色，毛肚如果被漂白得成為白色，那麼就連味道也沒有，不吃也罷。

黑色的毛肚可在特製的辣湯中燙，也能在牛肝熬的清湯裏涮。吃進口，爽脆非凡，一點也不硬，的確沒有來錯地方。而毛肚開膛的另一個主要食材，就是豬腦，老闆杜中兵把一大碟至少有十副以上的豬腦放入辣湯中，眾人看着豬腦滾了，正想舉筷，杜中兵說等等，等等，等了又等。可以吃了吧？杜中兵還是搖頭，在加了茂汶花椒的辣湯中滾了又滾，同桌的所謂食貨口水流了又流。

老闆杜中兵說：「不要着急，紅湯煨腦花，煮上二十分鐘，罅隙吸入濃湯，讓豬腦慢慢縮緊在一起，把辣味鎖住才好。」

終於，大家吃過了豬腦之後，都望着我發表意見，我輕描淡寫地：「吃了這個腦花，才知道，只有和尚會說豆腐比甚麼都好吃。」

杜中兵知道我想吃野生黃河大鯉魚，特別為我準備了三尾，廚師拿上前來給我一看，竟然是金黃色的，而且巨大非凡，切片後在清湯中灼熟，吃過了才知甚麼叫黃河大鯉。

地址：鄭州市鄭東新區金水東路萬鼎商業廣場一樓

電話：+86-400-023-2577

飽飽，睡了一晚，最後一天在鄭州，要完成多年來的願望。十八年前來的時候，光顧了一家叫「京都老蔡記」的水餃店，吃後驚為天物，說要是香港有那麼一家就好了，想不到老闆蔡和順隔了不久就來到香港，與我研究開店的方案，但那時我的資金不足，與我合作的拍檔又說租金太貴，冒不起這個風險，結果店沒開成，我對蔡和順抱一萬個歉意。十八年來耿耿於懷，一直想去見他親自說一聲對不起。

後來寫了一篇文章，看過的人，像洪亮，也都去試了，向我說道：

「感覺一般，而且改為用布墊底了。」

到了店裏，見到了蔡和順本人，互相擁抱，他說要親自下廚替我包餃子。

現在也和鼎泰豐一樣，隔着玻璃看到嚴謹的製作過程，蒸籠底部還是用松針鋪着，用布的是其他人開的，老店一成不變，蔡和順說變了對不起祖宗。

松針的處理方法：一洗、二煮、三蒸、四煮、五泡水，涼了之後抹上麻油，這是老蔡記的秘方，使用的是東北白皮松的松針。

蒸餃一籠十二隻，賣二十二元人民幣，吃進口，汁標出來，眼淚也標出來，那麼多年前的滋味完全重現，感動到不得了。

老蔡記始於一九一一年，已有一百零六年歷史，蔡和順是第三代傳人，當今喜見有第四代的蔡雨萌接手，在鄭州的本店最為原汁原味，大家可別像洪亮一樣找錯其他店。

除了水餃，還賣餛飩，用老母雞炖湯，湯裏有切成絲的蝦肉皮和雞絲、紫菜和麻油，紫菜特別好吃，來自浙江，一碗才賣八塊錢。

依依不捨道別，蔡和順說：「想吃時，你隨時打電話給我，我隨時飛去香港包給你吃。」

地址：鄭州市中原區工人路與伊河路交叉口西150米路北

電話：+86-371-8660-6199

重訪新潟

對新潟的印象，當然是米，甚麼「越之光」類的日本大米，都產自新潟。好米來自好水，有好水，就有好的日本清酒了。

第一次去新潟，是為了買「小千谷縮」這種布料而來到，新潟昔時被大雪封閉，女子織麻，男子拿去鋪在雪地上，麻變質，縮了起來，不會黏住肌膚，又薄如蟬翼，這種布料已成為文化遺產，只能在新潟找到。

很久沒去日本吃水蜜桃了，說到水蜜桃，當然是岡山的最好，但那邊的酒店沒甚麼水準，記起新潟也盛產水蜜桃，而且非常之甜，又恰好當地觀光局派人來邀請我去視察，就即刻動身，重訪新潟，看看有甚麼

好吃的，和甚麼好旅館。

老友刈部謙一已在成田機場等候，他是我那本日文版《香港美食地圖》的編輯，和名字一樣，謙謙有禮，是位知識分子，同行的還有小林信成，是新潟人，亦是作家。

早上八點從香港出發，日本時間下午兩點抵達，苦候三個半小時，到五點三十分才由成田起飛到新潟，坐的是一架小型螺旋槳飛機，抵達新潟機場太陽已下山，這種走法並不理想，如果帶團來，可要想別的途徑。

新潟產業勞動觀光局的課長玉木有紀子和主任野澤尚包了一輛七人車，我們一行五個人開始了新潟的四天旅程，讓我看當地最好的一面。

被雪包圍的「嵐溪莊」是一間很別致的旅館，列入有形文化財之宿，也是日本隱秘溫泉守護會的會員。花園中有一個個白雪堆成的小屋，裏面點着火把，像大燈籠，客人可以鑽進去飲酒作樂。女大將大竹由香利是日大藝術學部的畢業生，對我這個大前輩恭恭敬敬，我只是一心一意地想即刻衝進溫泉中泡一泡。

果然是好湯，用手一摸自己的身體，滑溜溜地，無色無味的溫泉，是最高質的。這個泡浸，的確能恢復身心疲勞，其實這句話有語病，恢復疲勞，那不是把疲勞叫回來嗎？哈哈。

吃一頓豐富的晚餐，倒頭即睡，翌日的早餐也好吃，餐具都是古董，很講究，刈部謙一問我意見如何，是否可以帶團來住？問題在整間旅館只有十一間房，我說：「帶女朋友來，是很理想的。狗仔隊也不會追蹤到這裏。」

地址：新潟縣三條市長野一四五零

電話：+81-0256-47-2211

網址：www.rankei.com

翌日早上九點出發，去了「玉川堂」看銅器製作。附近有銅礦，自古以來所製銅器已聞名，在一八七三年日本初次參加維也納世界博覽會時已得獎，明治天皇婚禮時玉川堂也送過銅製的大花瓶，從此皇室的典禮中，都用玉川堂製品，當今是新潟縣的無形文化財。

老匠人仔細地介紹，如何從一塊普通的銅板打造成一個銅茶壺，每一方吋，至少敲一百下，依時間來算，普通人覺得貴的，也很便宜。

買了一個之後，問老闆玉川洋基道：「當今大陸泡茶，流行用南部鐵壺，和銅造的有甚麼不同？哪一種較好？是不是燒出來的水特別好喝？」

「一般人喝不出的。」他回答：「銅的傳熱的確比鐵的快，沸水的時間短，但也得小心看着，水燒乾了銅壺會穿洞，不過如果是我們生產的製品，可以拿回來，免費修理，會和新買的一模一樣，可以用一生一世。」店裏還陳設着其他產品，像銅茶罐、茶杯和酒器等。

地址：新潟縣燕市中央通2丁目二番21號

電話：+81-0256-62-2015

傳真：+81-0256-64-5945

網址：www.gyokusendo.com

再去看「庖丁工房 Tadafusa」的製刀廠，位於三條市，十六世紀以來就以造刀著名，從專業用的到家庭用的，連切蕎麥麵、劏金槍魚的特製刀具都齊全，而且備有各種刀柄，牛角鹿角都有，也接受訂造，我買了一把精製的廚刀，才八千円，一點也不貴。

地址：新潟縣三條市東本成寺 27-16

電話：+81-0256-32-2184

傳真：+81-0256-35-4848

網址：www.tadafusa.com

已到中飯時間，去一家叫「長吉」的餐廳去吃 Kamo料理，日本人的所謂 Kamo，用漢字寫成「鴨」，其實和鴨無關，是「雁」的意思，冬季野雁飛來，極肥大，數目多，取之不盡，不擔心絕種也就吃了。

吃法是把雁肉切片，放在鐵鼎上烤，通常烤一陣子就可以吃，日本對吃雁還是有要求，一烤過熟，肉就硬了，剛剛好時的確美味，皮的脂肪特別厚，略焦更美，肉雖然不能說入口即化，但也不韌。

「味道如何？」刈部謙一問道。

「還好。」我回答：「但不是能像牛肉豬肉可以天天吃的。」

日本沒有我們認為的鴨，鵝更要在動物園才能找到，如果去日本開我們拿手的燒鵝店，可用雁肉代替。

地址：新潟市西蒲區山口新田字西前田91

電話：+81- 0256-86-2618

從吃雁肉的餐廳到新潟車站很近，我一直為了組團來，用甚麼方法最好的問題，和觀光局的玉木有紀子商量，最後還是決定先飛到東京，住一晚，再從東京乘子彈火車兩個多小時後抵達新潟最妥。

早上出發，抵埗後一定肚子餓，吃些甚麼？我們去魚市場視察，發現一些鮮魚檔可以即點即做即吃，來個海鮮任吃的大餐，看到甚麼點甚麼，最過癮了，至於是那種魚蝦蟹，看季節而定。

晚上，在一家叫「龍言」的旅館過夜。這間古色古香的酒店，是以下中國圍棋和下日本象棋見稱，名人比賽都在這裏進行，近來有一電視節目拍日本象棋，更引起一番熱潮。

我最感興趣的反而是旅館對面的那間酒吧，甚麼清酒都有，正想即刻去試時，當地魚沼市觀光局派來的平賀豪說有一壽司店，賣的是用香菇和茄子做的壽司，叫我一定要去試試。我對這一類新派壽司很反感，為了給面子也去了，反正平賀豪說一餐只吃六貫，壽司飯團不叫　個

RYU 龍

個，叫貫。

到了一看，哎吔吔，門口那暖簾掛的「龍壽司」三字，用現代化的抽象漢字寫着，心更涼了一半。走了進去，見板前長是一個四十至五十歲的人，請我們坐在櫃台前，以便溝通，吃冬菇壽司罷了，談些甚麼？

櫃台擺着兩瓶酒，是「八海山」製造的，包裝摩登，原來是新產品的燒酎，日本燒酎一般都是用麥或者番薯當原料，這個新燒酎則是用米釀出來，而且浸在木桶內，做成像威士忌一樣的效果。一瓶叫「萬華」，另一瓶叫「宜有千萬」，後者還可以訂購，十年後才出貨，送給友人或自己品嘗都可以。

被問要怎麼喝？要了一個燒酎High Ball，High Ball是昔時喝威士忌的叫法，真實就是威士忌加蘇打。

喝了一口，味道被蘇打搶去，喝不出所以然，就叫一杯淨飲。咦？另有風味，與別不同，像威士忌又不是威士忌，味道好，喝得過。

但來這裏不是喝酒，是來試吃冬菇壽司的，第一貫叫「舍利・山葵」，舍利Shali，是壽司用語，米飯的意思，此地叫南魚沼，是新潟「越光米」的產地，當然非先吃一下不可。米飯極香，黏度又夠，店主佐藤説是用新米和舊米各一半炊出來，才有這種效果。至於山葵，是附近田裏自己種的，水好，味道當然好，這一貫簡簡單單的握壽司，一吃令我另眼相看。

接下來是「特別木箱雲丹的軍艦卷」，海膽壽司用紫菜圍着，作船形，故稱軍艦。特別木箱是方形的，一般雲丹箱作長形，特別箱有兩倍之多，選馬糞雲丹中的極品紫雲丹作原料，就算在築地，最多一天只賣五箱左右。雲丹又香又濃，是極品中的極品。店主佐藤用料的嚴謹。問他一箱多少錢，回答三萬円日圓，由平川水產株式會社供應。

第三貫叫「天惠菇」，原來一點也不像一般的香菇，倒似外國的大型蘑菇，用一百度的沙律油過一過，接着塗上醬油，切成鮑魚片狀，此

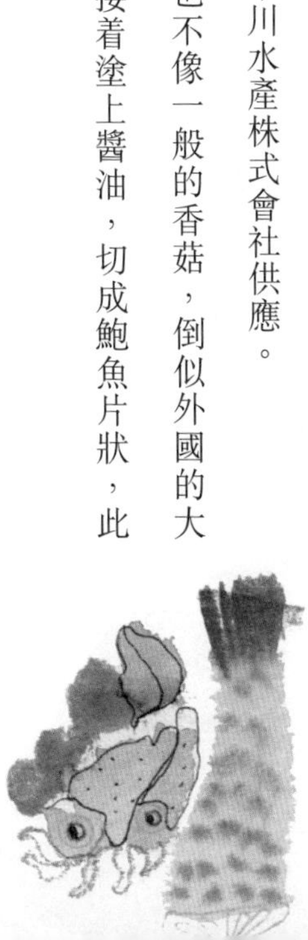

種菇也只產於南魚沼，口感和香味皆佳。

第四貫是「太刀魚」，就是我們的帶魚了，先用橄欖油把皮煎至爽脆，再加上葱和醋，加了米飯捏了上桌，我一不小心把飯和魚弄崩，佐藤即刻叫止，另握一貫給我，真是沒有吃過更鮮的帶魚。

第五貫叫Kasuko，是鯛魚的春，用糖、鹽、醋和昆布四個階段醃製，一般江戶前壽司的技法只限於三階段，佐藤加了糖這個階段，味道更錯綜複雜。

第六貫為「魚沼」，是山葵花加 Toro，這個季節的山葵花盛開，和金槍魚腩特別配合，另撒上梅鹽來分散山葵辣味，吃了那麼多年的Toro，沒試過這種吃法。

本來只有六貫的，我要求再來，佐藤特別捏了「穴子」給我，用了傳統江戶前的技法，原料來自淡路島，是供應給皇室的品種，佐藤把這種海鰻魚做得出神入化。

另外，還有很柔軟的八爪魚，和用甜蝦磨成泥，再加蛋黃的下酒菜，此餐吃後，大叫朕滿足矣，跑上前和佐藤擁抱，說：「你不是大廚，你是藝術家。」

地址：新潟縣南魚沼市大崎1838-1

電話：+81-025-779-2169

網址：www.ryu-zushi.com

（註：需三天前預訂。）

回到「龍言」晚飯不在旅館裏吃，而去對面的「安穩亭」，用名貴魚類像黑喉等做爐端燒，但已實在吃不下，只顧喝酒，這時「八海山」來了一位商品開發營業企劃部的室長勝又沙智子，把公司全部酒拿來試飲，此姝能言善道，舉止溫柔體貼，白天上班，晚上當志願義工來宣傳新潟文化，有她在，酒喝得更多。

最特別的是氣泡清酒，為了二〇二〇年東京奧運，八海山釀製了發泡酒來慶祝，口感和味道都是一流，下次和團友來到，就可以大喝特喝了，當今暫時不發售。

地址：新潟縣南魚沼市坂戶七十九

電話：+81-025-772-3470

網址：www.ryugon.co.jp

「龍言」旅館並不完善，住的問題還未解決，若辦旅行團，一切都會因此而名副其實地「泡湯」了。

心急之際，觀光局的玉木有紀子說，在一個叫村上的海邊，新建了一間叫「大觀莊」的旅館，十一間房，皆有獨立溫泉，不過路途遙遠，新潟地形又窄又長，村上市靠海，在最北邊，我們決定乘子彈火車去，再遠也得去尋找。

是否經過「小千谷」呢？這也是賣點之一，「小千谷縮」這種布料，是值得擁有的。

「經的。」南魚沼觀光局的平賀豪說，此君一路跟着我們，我在「龍壽司」吃東西時怕記不得那麼多，叫他一一記下，他的功夫做得很足，我封他為我私人秘書，他說：「還有一個關於布料的地方，也想帶你去看看。」

他介紹過的壽司店好吃，對他有信心，就跟他去看看，到達之後看見一片雪地，匠人在上面鋪着一匹匹的布，我問道：「這是小千谷縮嗎？」

「不。這叫雪曬。」平賀豪回答。

遇到的重要無形文化財匠人叫中島清志，七十多歲了，他詳細解釋：「小千谷縮是把麻布鋪在雪地上，讓它縮起來，做的是新布，我們處理的是舊布，和服可以拆開來，再縫成一匹長布來洗，洗過之後同樣

鋪在平坦的雪地上。太陽和雪的反射產生臭氧（Ozone），可以讓白的部份更白，彩色的部份更鮮艷，只有在新潟生產的麻布能拿回來洗，我們也說是讓這件衣服回到故鄉。」

「哇。」我說：「洗一匹布要多少錢。」

「很便宜，一百萬日圓左右。」

當然，所花的人力和技術及時間來算，一點也不貴。

車子爬上彎彎曲曲的山坡，一路上是雪，在深山中，找到了一家叫「川津屋」的，我們專程來這裏吃野味，很多人知道我是不吃的，但沒有試過的肉我都會嘗試一吃，而且這裏的「洞熊」肉一年裏只有三次機會可以抓到，數量還是不少，不是瀕危物種。洞熊Anakuma，又叫日本獾，性情非常兇猛，樣子和體重都像果子狸，肉的顏色鮮紅，有如玫瑰，煮熟了之後發現脂肪很厚，顏色雪白，赤肉則色淡，是有股異味，但並不難聞，吃慣了也許會像羊肉般喜歡上，店裏也有熊肉，但無個性，不好吃。

川津屋也可以住人，溫泉水質很好，是度蜜月好去處。

地址：新潟縣中魚沼郡津南町秋山鄉

電話：+81-025-767-2001

網址：www.tsunan.com/kawatsuya

吃飽到小千谷，在一家叫「布Galary」店可以買到這種有一千二百年歷史的傳統布料「小千谷縮」，用苧麻製成，一匹布剛好可以做一件中國男裝的長衫，每匹五十萬日圓，運到東京大阪就不止了。

地址：新潟縣小千谷市旭町乙1261-5

電話：+81-0258-82-3213

電郵：mizuta@ioko.jp

乘火車到村上市，昔時的大街本來要給地產商夷平，但遭到茶葉舖和鮭魚乾舖的抗議，保留了下來。

賣鮭魚乾的店裏掛滿曬乾的鮭魚，從天井到客人頭頂，至少有上千條，像個鹹魚森林，蔚為奇觀。店裏的人拿了一尾下來切了一小片給我試吃，沒想像中那麼硬，是下酒的好菜式，發現魚肚沒像其他魚那麼劏開，只開了一個小口取出內臟，問原因，回答道：「村上是個武士的村莊，連賣魚的都是武士，切腹對武士來講，是一種禁忌。」

去隔壁的茶葉店「富士美園」，店主四十歲左右，叫飯島剛志，已是第六代傳人，問道有沒有玉露，他點頭，請他泡一壺來試。

一喝，味濃，的確甘美，與京都「一保堂」的兩樣。

「和宇治茶比呢？」我想聽詳細的分別。

飯島回答：「茶種是從宇治來的，但是我們的茶園日照時間短，生長在下雪的地方，茶葉比較細小，也少澀味，你不認為很甘香嗎？」

我點頭，大家告別。

地址：新潟縣村上市長井町4-19

電話：+81-254-52-2716

網址：www.fujimien.jp

終於在日落前趕到那家大型的旅館，與其說旅館，不如說大酒店，一走進去就有一陣觀光客味道，房間雖說有私人浴池，但太細小，總之不夠高級，放棄了。

心急如焚，翌日就要返港，再也找不到下榻之地，怎麼辦？

忽然想起第一次來新潟時入住的「華鳳」，觀光局的玉木有紀子說已有新的別館，我大喜，翌日即趕去視察，發現別館富麗堂皇，非常之清靜優雅，房間有西式、日本和式以及兩種混合，私家浴池也很巨大，就那麼決定了，鬆了一口氣。

算了一算，還差一頓午餐，小林先生說有一位老友要介紹給我，一見面，發現是一個風趣的老頭。

「你的年紀不會大過我吧？」我問。

「我八十三歲了。」早福岩男先生說。

「不可能的。」我叫了出來。

早福哈哈大笑：「我一生只會吃喝玩樂，會吃喝玩樂的人，不會老。」

那麼吃的地方問他一定不錯，他說新潟市區的藝伎自古以來聞名，不如去有藝伎的料亭吃甲魚，想起都市的「大市」甲魚湯，好吃得令人垂涎，即刻叫好。

這麼一切安排好，只等夏天水蜜桃最成熟時。

新潟，我來也。

重訪意大利

很久未到歐洲了，得到一艘叫「盛世公主號」郵輪的邀請，叫我去試一試。

正合我意，一般坐太久的郵輪我會覺得悶，此回是這艘郵輪的下水禮，從Trieste到羅馬，只要五天時間，中間還停一停前南斯拉夫的黑山，時間雖短，但也能達到我去意大利的目的，那就是買手杖了。

早幾天，我和公司旅遊部的主任張嘉威先從香港飛米蘭，此君在意大利留學，有他作伴，言語溝通無問題。

半夜的航行，上機即刻吞了半顆安眠藥，一睡醒已到達。經過時差，米蘭當地時間是清晨，在米蘭一向住四季酒店，張嘉威說阿曼尼精

品旅館有房間，可以試試，也就點頭。酒店並沒太大的特色，反正在杜拜都住過同一家，無驚喜。

我們男人，要買甚麼心中已打算好，直奔一家叫Bernasconi的男士精品和古董店，一眼就看到銀製手柄的手杖，暗格一按，裏面可以藏一根雪茄，即刻買了，其他並無入眼的東西。

地址：Via Alessandro Manzoni, 44, 20121, Milano

電話：+39-02-8646-0923

中餐訂好市中最古老的餐廳Boeucc，始於一六九六年，即清康熙三十五年，接待過當年皇親國戚。當今去，還是那麼古典優雅，一點也不陳舊，一點也不過時，絕對不是三百多年前古蹟。

本來此行還想去產米的地區吃鯉魚。甚麼，意大利也產米？年輕人沒聽過，更不知有一部電影叫《粒粒皆辛苦Bitter Rice》（1949），當年有一張海報，是女主角施維京曼嘉諾挺着胸，隱約見乳峰，已令世界年輕人噴出鼻血。我曾經到過拍攝地點，產米的地方就有水田，有水田就有鯉魚，意大利人把米塞入鯉魚肚中，做出一道菜，我問過所有意大利人，也沒有人聽過。

產米地區不在行程之內，這次吩咐張嘉威左找右找，原來Boeucc有個老廚子會做這道菜，專門為我準備了，吃得又美味又感動。米用蘑菇和肉碎炮製過，再塞入魚肚炊熟，魚皮略烤後上桌，不錯不錯。

叫了一碟小龍蝦，意大利的Scampi和大陸的種類不同，有長螯，蝦味特別濃厚，肥美時用來煮意粉，真能吃出地中海味道來。與世界老饕共同，是最新鮮的海產，生吃最妙。上桌一看，身上的殼剝了，留下蝦頭給客人吸啜裏面的膏，蝦肉就當刺身了。

接着來個小牛腰煮白蘭地，又特別又好吃。不吃意粉是說不過去的，來碟鮮蛤拌意粉。中餐不能吃太多，要個甜品吧，老店一定有水

準，正在看菜牌，侍者推出一輛甜品車，已眼花繚亂，選了兩種：像雪糕一樣的Panna Cotta，淋上杧果醬。還有當造的橙，我一向怕酸，這裏做的是把橙肉煮了，上面鋪着用糖浸出來的橙皮，刨成一絲絲，橙肉配橙皮同吃，就不酸了。

埋單，便宜得發笑，重重打賞了為我做鯉魚飯的師傅。

地址：Piazza Belgioioso 2, 20121, Milano

電話：+39-02-7602-0224

飯後再去幾家手杖店，都沒有合我意的，想起購物街頭有家Lorenzi刀店。有次查先生請我去米蘭，在那裏買了多把小刀，查先生有收藏小刀的嗜好，記得店裏也有售賣手杖，就走一趟，原來已經搬走了，購物街只有Cova和這家Lorenzi我最熟悉，前者還在，後者沒了，好像少了一個地標，穿過半個米蘭，找到這家老店的新址，可惜手杖的種類也不

BERNASCONI
Borsalino

多，沒買成。

地址：Corso Magenta, 1, 20123, Milano

電話：+39-02-869-2997

來到米蘭，總得去最大的拱廊Duomo朝聖，但此地已到過多次，當今又擠滿東方遊客，一大堆吉普賽人在此鎖定他們為目標下手，又沒甚麼好食肆，這回不去也罷。

到了米蘭，才發現四月的意大利已那麼熱，太陽猛烈，非常刺眼，好在我的行李之中有冬夏兩季的衣服，能夠應付任何天氣，但是忘記了帶帽子呀！

還是逃不出Duomo的魔掌，驅車到進口處的帽子老店Borsalino，這家人的巴拿馬草帽選擇最多，一直由Montecristi廠供應，巴拿馬草帽並不是在巴拿馬造的，而是於艾瓜多爾。

地址：Galleria Vittorio Emanuele 11, 92, 20121, Milano

電話：+39-02-8901-5436

在櫥窗中就看到我要的，巴拿馬帽我已有多頂，就是少了可以摺疊的，裝在一個精美的木製長方形盒中。我買的算便宜，最貴的可以捲起來裝進雪茄鐵筒中，但當今已沒這種手藝了。

功德圓滿，返回阿曼尼酒店的餐廳，胡亂吃了一頓並不特別的，本來應該到外面找，但實在已經很疲倦，吃完倒頭就睡。

第二天一早出發去酒莊，僱了一輛中國司機的車，問他哪裏有最地道的早餐，他回答意大利人並不注重早餐，只是喝咖啡和吃一個甜包，也好過在酒店的自助早餐，停在路邊的小店，叫了茶，喝完上路，太陽猛烈，戴上帽子，想到太陽眼鏡在和尚袋內，一摸，即刻冷汗直標，才知道忘記了，留在咖啡店中！這次完了，歐羅沒了也可以再賺，若是遺

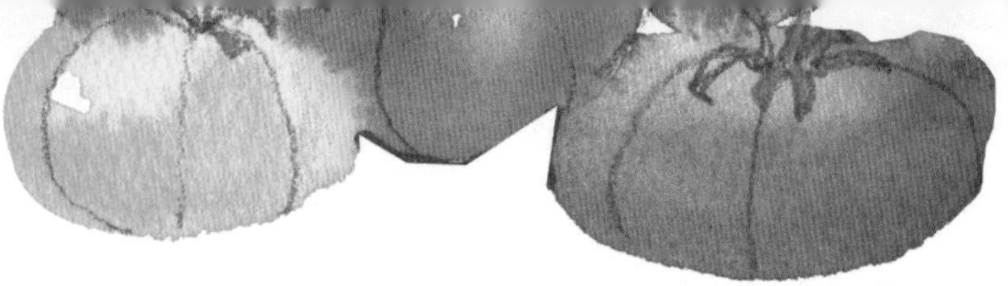

失護照和香港身份證，可不是鬧着玩的，完了，完了。

腦子裏做了許多準備，護照不見了要去哪裏補領？米蘭有沒有新加坡領事館，得飛羅馬嗎？郵輪是上不到了，少我一個也沒有辦法呀，最多賠償他們機票，但要在意大利等多久呢？

叫司機折返小店，他知道是沒有希望的，也沉着氣，載我回去咖啡店，衝進店裏，呀的一聲，那黃色和尚袋還是好好地掛在椅背上，已經過大半小時了，沒人去動它。

心中大喜，誰說意大利小偷多，多的也是移民或流浪漢，意大利人還是老實的。從袋中拿出幾百歐羅給咖啡店老闆，要他開香檳請餐廳客人飲，這個留着整齊小鬍子的大漢搖搖頭，很自傲地說：沒事！沒事！不必！不必！

虛驚一場，繼續上路，走了兩個多小時，在公路上一個休息站停下，意大利的不像日本的，各地都有不同的土產，這裏千篇一律地賣可口可樂和 M&M巧克力，看了一會，唯一下得手的是一大包杏仁糖，一顆顆用紙包得像我們的陳皮梅，打開一看，裏面有透明紙包着像餅乾的東西，一咬，甜得要命，但杏仁味極重，很有特色，是Amaretti del Chiostro公司的產品，世界各地的高級超市皆有售，看見了，不妨買包試試。

從米蘭到酒莊整個路程差不多要四個小時，中午酒莊的好友蓮莎Renza Lorenzet請我們到附近一間教堂旁邊的小餐廳吃飯，這個季節遍地都開滿黃色的小花，原來是蒲公英。蒲公英一身是寶，可以炸來吃，曬乾了也能當藥用。

我和蓮莎的結緣，是多年前我寫了一篇關於意大利烈酒Grappa的文章，把酒名譯成了「果樂葩」，蓮莎當年還在北京留學，託人找到了我，從此大家成為了好朋友，她把任職的酒莊 Bottega做的果樂葩，裝進很特別的玻璃瓶中，有玫瑰花、帆船等形狀，都很有藝術性。酒也好

Bocca di Rosa
Rosalio
BOTTEGA

喝，果樂葩本來是意大利很低級的酒，用葡萄皮釀製的，經他們的宣傳和提升，成為酒徒珍品。流行起來，當今是把葡萄肉扔掉，只剩下最好的皮來釀酒。

「為甚麼用皮不用肉？」當人家問起時，蓮莎回答得直接：「葡萄的香氣在肉，還是在皮？你說說看！」

以前也組過團專門參觀了他們的酒莊Bottega，當時規模很小，這些年來給這家人的年輕老闆Sandro發揚光大，當今是意大利數一數二的了，各地的免稅店都能找到他們的產品。

這次造訪，老闆不在，由蓮莎一直帶着參觀，周圍的地皮也給他們買下來種有機的葡萄，我用手機把釀酒過程拍下。可惜現時不是葡萄成熟的季節，大家約好，在九月的收成期再來，到時將會是一個幾天幾夜的大慶祝，大家一定會玩得高興。

傍晚，蓮莎帶我們入住酒莊附近的一座叫Castel Brando的古堡，已重新裝修為精美的酒店，很有氣派。蓮莎要請我吃大餐，我說這幾天已吃得撐住，再也吃不下了，她說那麼來一些前菜下下酒，主食免了如何？

在古堡的地下室餐廳設宴，所謂的前菜，是一大碟一大碟上桌，怎麼還有？怎麼還有？不停地問，不停地上。吃的是當地農家菜，早年意大利窮，甚麼都吃，尤其是內臟，這正合我意，甚麼肝和肚大堆頭的上桌，不像法國菜那麼一小碟一小碟那麼寒酸，吃得非常之過癮。快要崩潰時，侍者前來，宣稱要上主食，我即刻逃之夭夭。

古堡的Spa是一流的，原來這一帶都是溫泉區，意大利的溫泉數目比想像中多，但不像日本那樣好好地發展，實在可惜。

地址：Via Brandolini Brando, 29, 31030, Cison Di Valmarino

電話：+39-0438-9761

網址：www.castelbrando.it

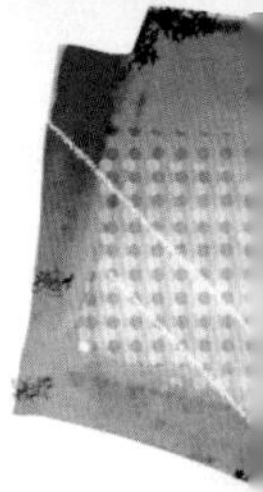

翌日從古堡出發，一路是溫泉鄉，我也一一考察，想下回帶團來可不可以入住，原來這些所謂豪華的溫泉酒店，浸的只是一個游泳池般大的公眾池，接着有人按摩罷了。我知道意大利有一些梯田式的露天溫泉，在Montegrotto Terme，下回考察後帶大家去。

一路往上船的Trieste去，中間在一個叫帕多瓦 Padua的小鎮停下，是個大學城，車子只能泊在外圍，要走一段很長的路才到市中心，當今很多意大利小城都是這樣，不然遊客氾濫，難以控制。很多人嫌麻煩，我倒認為是一個好制度，不想走路的話可以叫的士，上網一呼即來。

到了市集走一圈，印象全是大紅顏色，各種水果和蔬菜都紅得厲害，甚麼形狀都有，也賣得便宜，尤其是番茄，不看不知道有那麼多品種。把番茄從意大利人手中奪去，他們就活不了，也有人說像把他們雙手綁起，他們就不會說話了。

吃飯的是一家城中最好餐廳Godenda，專賣海產，叫了些意粉和魚，在香港可算是三星級的，那裏根本不算是甚麼。

地址：Via Francesco Squarcione 4, 35122, Padua

電話：+39-049-877-4192

（編按：Godenda於二〇一七年四月十日停業，說要改變創新，有機會再重開。）

一路上有說有笑，當地司機叫胡傑，是好青年，非常可靠，大家去意大利可以找他兼任翻譯，微信號是：_Angelohn

電話：+39-339-893-8801

終於，來到了Trieste。

Trieste是意大利臨Adriatic海的一個重鎮，自古以航海業著名的，我從前在南斯拉夫時從陸路來過，我們乘坐的「盛世公主號」就是從這裏

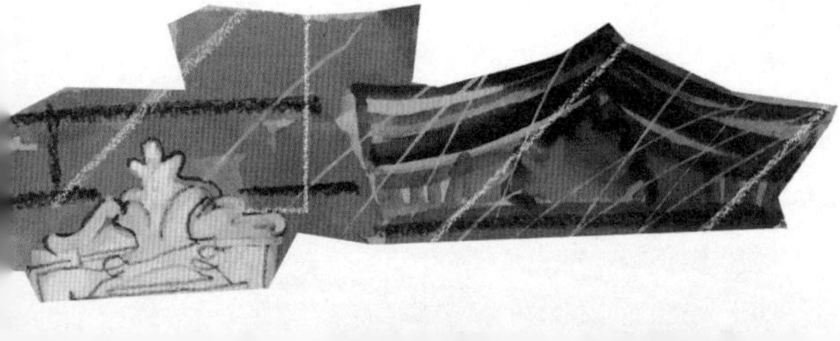

TEA
ROOM
BABINGTONS

首航。到了碼頭，一看，哪裏像船，簡直是一座海上城市。

全艘船白色，漆上藍色海浪的船頭，很有氣派。中國人有錢了，美國人也為中國賓客量身打造，船上的種種説明，除了英文之外就是中文字，威水得很。

整艘船排水量十四萬三千噸，長一千英尺，寬一百六十英尺，可載客三千五百六十人，船上有一千三百五十名服務員，由意大利蒙法爾科公司製造。

郵輪徐徐開出海時，碼頭聚集了幾千人，原來船長是Trieste人，幾乎所有同鄉都出來送船。

這次邀請上船的都是傳媒，當然以中國為主，我們是明星顧問團的成員，藝術顧問是常石磊，時尚顧問是吉承，親子顧問由田亮和葉一茜負責，吃的是我了。

船上有多間餐廳，一般的美國郵輪都要平等，所有吃的一樣，沒甚麼特色。此船有些餐廳要收費，所以起了變化，吃的花樣也多了出來，我們一間間去試，當然最多人去的還是中間最大又免費的那家。

常石磊是奧運主題曲創作人，身材略胖，為人風趣，惹得大家都整天笑嘻嘻，眾人都暱稱他「石頭」。

五天航程很快就過去，中間還停了一站黑山，和其他港口一比，沒甚麼看頭，我們到當地菜市場一逛，賣的臘肉火腿便宜得要命，眾人都買了一大堆回去。

到了羅馬，大家依依不捨地道別，這次住的是Fendi Private Suites，就在西班牙石階轉角，整間酒店只有七間套房，裝修得平凡之中見功力，所有職員都穿得光鮮，連大門的管理員也是一個七呎高的黑人美女，一身Fendi打扮。

地址：Via della Fontanella di Borghese, 48 00186 Roma

電話：+39-06-9779-8080

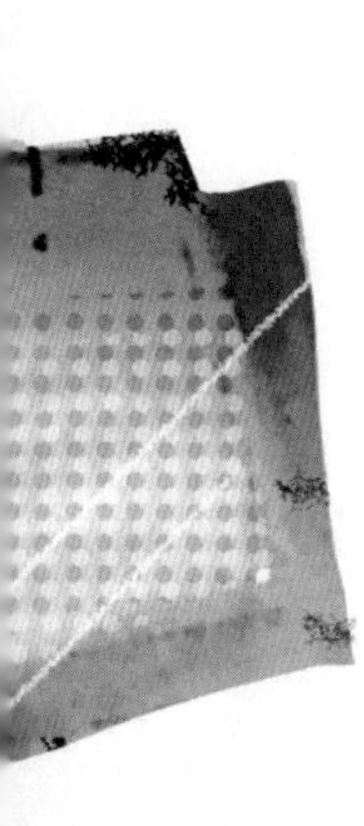

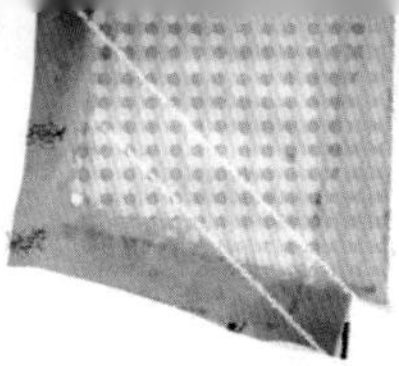

網址：www.fendiprivatesuites.com

當然先去找手杖，可惜走了多間，都是一些我買過的式樣，別無新意，古董的也不多，還是找吃的吧。

去了我最愛光顧的肉店 Roscioli，以為走進去就是，沒訂座，去到後見擠滿人，要等到有位不知幾時，就走到櫃台去，找到一個像是主任的肉販，向他要了幾餅最好的烏魚子。

很多人以為只有台灣盛產這種東西，卻不知意大利人吃得多，他們最常捏碎了撒在意粉上面，老饕皆好此物，賣得甚貴。

我接着要他推薦其他臘肉及火腿，價錢不論。他知道我識貨，說會切一碟他自傲的，讓我試過之後才買，我說我沒地方坐呀，他用手勢示意要我等，接着的當然是店裏最好的招呼。

我又叫了小龍蝦，這裏的比我在米蘭吃的更大更鮮美，接着來各種刺身，再叫了一瓶我最喜歡的La Spinetta的 Moscato d'Asti，招牌畫着一朵花，味道和野雉牌的一樣好。

臘肉上桌，林林總總，最好吃的是全肥的醃肉，一點也不膩，別人看了怕得逃之夭夭，我卻認為是天下美味之一，另外此君介紹的風乾豬頸肉，也是一流，各自買了一些回香港。

地址：Via dei Giubbonari, 21 00186 Roma

電話：+39-06-687-5287

網址：www.roscioli.com/

太飽了，甚麼地方都不想去，回房休息，這家酒店可以好好享受一下。到了傍晚，下雨，正是散步的好心情，西班牙石階的名店街大家都逛，就是不去在旁邊的Babingtons，我躲了進去。這家一八九三年開到現在的茶室還是那麼優雅，由兩個英國女子創立，當年男人的天下，聚

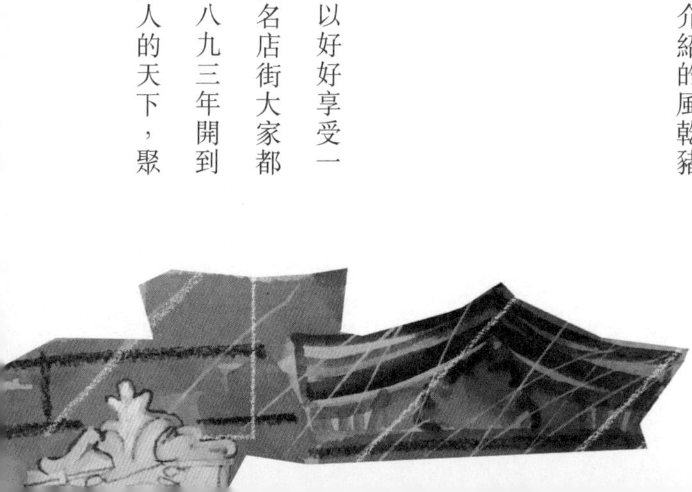

集在酒吧，女士沒地方去，她們開了一個公共場所，讓大家來八卦，算是很前衛的，那時還是清光緒十九年，大家還纏着足，毛澤東剛剛出生。

晚飯，張嘉威約了船上遇到的兩名女子一齊吃，最好了，我告訴自己要把店裏的食物叫齊才甘心，這家在香港最貴的意大利餐廳Da Domenico，羅馬的本店食物又如何？

前來的是公眾號稱「Justgo」和「雅麗的好物分享」兩人，能被公關公司看中邀請上郵輪的，都大有來頭，她們各自在網上撰稿，擁有大量的粉絲，都是以前寫作人做不到的事，也證明了只要有才華，都可以出人頭地，不必靠報紙雜誌等傳統媒體，更確實了天下再也沒有懷才不遇這回事。

當晚吃了幾個湯，鮮蜆意粉、醃肉寬麵、蜜瓜火腿、芝士煮火腿、燒煮雅枝竹，還有香港分店賣得最貴的魚等等，其他菜記不起了，甜品更是吃不盡，另外來瓶果樂葩和甜酒，埋單只是香港店不到一人份的價錢，酒醉飯飽地回去睡覺。

地址：Via di San Giovanni in Laterano, 134, Roma

電話：+39-06-7759-0225

十天的旅程，一下子結束，中午的飛機返港，要辦退稅手續，還是早一點到機場。從前，我嫌麻煩，買了東西簽信用卡，要退稅退到信用卡公司好了，當今已沒有這種服務，是非常非常不方便的，意大利旅遊局有甚麼好對策呢？期待期待。

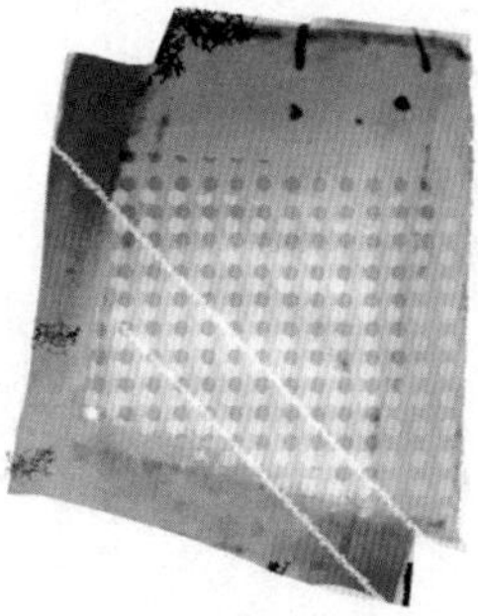

微博推銷術

飯盒

二〇一六年快結束，回想在這三百六十五天之中，做了些甚麼：較有意思的，是為「北河同行」做宣傳。

有一天，父親的朋友，出版界的老行尊藍真先生的千金藍列群小姐打電話來，要我幫她寫「北河同行」四個字送給一位姓陳的人，我起初不知道是甚麼，店名又不像店名的，寫就寫吧。反正是舉手之勞，後來才知道，這是由陳灼明發起的一項慈善運動。

明哥的店，最初開在深水埗，叫「北河燒臘」，是一間從早上五六點鐘就賣東西的點心店，非常之用心，其中燒肉做得最好，因為當今的燒肉已不是像從前在地上挖一個深坑，四圍鋪上瓷磚，在下面燒了

大火，把爐壁燒紅，熱力將肉烤熟，所以爽脆的皮可以維持長時間，現在的是用一個鐵爐燒的，像個太空艙，故亦稱為太空爐，隔兩三小時皮已不脆了。明哥的店也使用太空爐，但一天燒三四次，所以任何時間去吃，都是最佳狀態，豬皮像餅乾一樣脆到不得了，大家一試便知道高低。

各種盅頭飯：鹹魚肉餅、鳳爪排骨等都齊全，懷舊的鵪鶉蛋燒賣、雞紮、粉卷等，應有盡有。窮困日子的點心店都是一大清早就有得吃的，當今的要到十一點才開門，像我這種早起的人，能到「北河燒臘」去享受一頓早茶，的確幸福。

舊時的點心店都是薄利多銷，明哥的店價錢也非常合理，一不小心還要虧本，但他本着良心一步步做，有了盈利之後，開始派飯盒，免費贈送給有需要的老人家，也送給聚集在天橋底下的流浪漢。

這種善行得到有心人支持，許多義工都跑來幫手，有的是做電子行

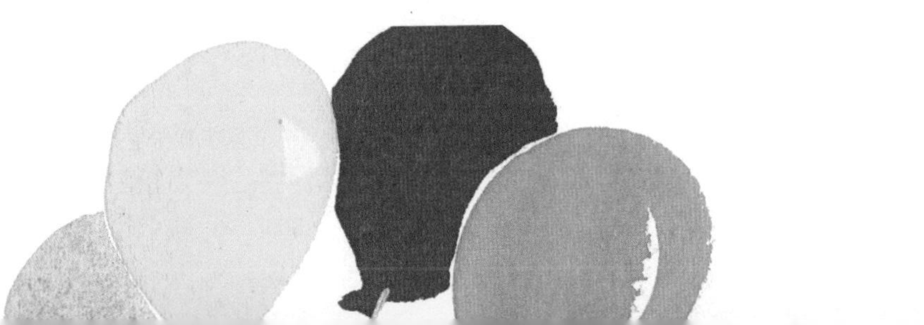

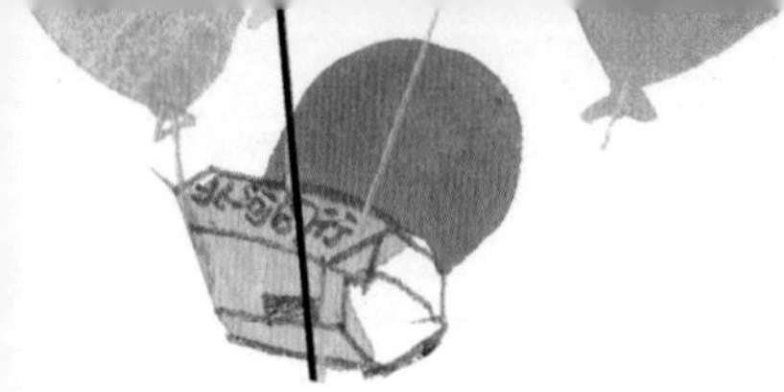

業的，也有當空姐的，種種人都有，慢慢地，成為一股運動，而這運動，就是「北河同行」了。愈做愈強大時，明哥不斷地改善，天氣一冷，與其讓老人家排隊，不如發出飯票，隨時可以來取。

很多善心人聽到了，都想參與成為一分子，但又不知道怎麼捐款，現在已得到7-Eleven便利店的支持，只要你去買東西時順便買一張飯票，就可以間接地把飯盒送給有需要的人手上。

香港人一向對慈善工作熱心，從前大陸一有天災人禍，第一個捐款的就是香港人，記得有一項調查，是以人口來計，香港人是世界上數一數二捐善款最多的。

但這種本身就應該有的行為，近年來大家為了忙着生計而逐漸忘記，當今又有明哥這一類的人物來提醒，的確是好事。

「北河同行」地址：深水埗大南街278號地下

其實派飯盒這件事，本來就有很多人做，只是缺少了像「北河同行」的宣傳，舉個例子，據《溫暖人間》這本雜誌上報導說，港鐵太子站附近的「百寶齋廚」六年前開始已有這種善舉，起初一個月派一至兩次，直至三年前發展成一個月派二十次的活動，另有三四次的素菜流水宴，免費招待有需要人士。

店主叫高麗慈，十二歲時已皈依佛教，念念不忘師父說過：「開一間素食店的功德比建廟更大。」

除了做齋菜和派飯，店主更注重與長者的交流，問候和關心，也許比派飯更有用，她說：「這是一份責任，要有良心，有承擔去做，持續不斷才行，千萬不能好心做壞事。」

「百寶齋廚」地址：旺角彌敦道780號麗英大廈地下

電話：2380-2681

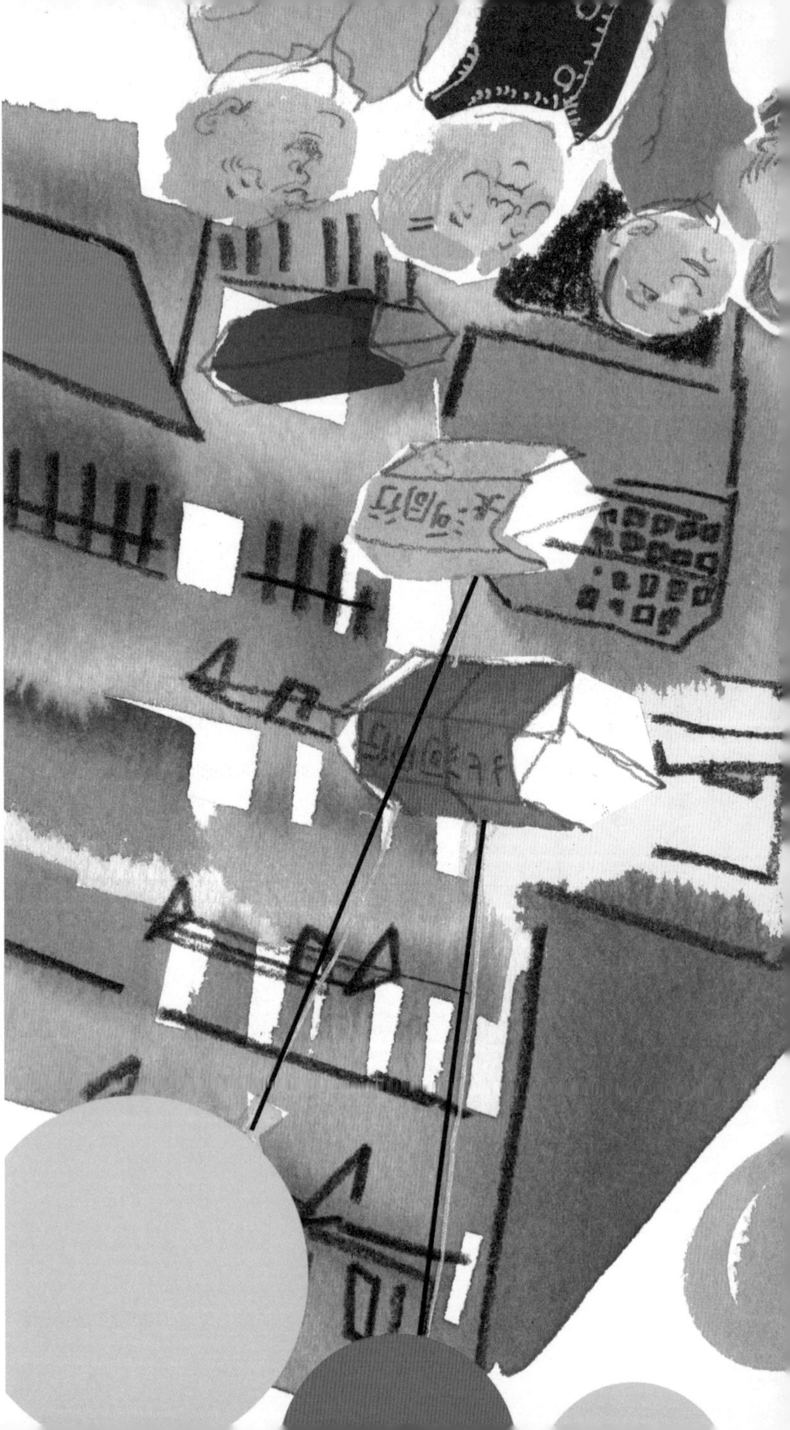

在荃灣兆和街的小巷中，清早七點多已聚集一班公公婆婆等候飯盒，這是 間很小的「素悅軒」，前店主每天派一百個飯盒，當今店舖易手，由新老闆何先生和胡哥接手經營，二話不說，繼續派飯，店舖本來在十二點開門營業，但他們提早在八點半開工，做飯派給老人家。

他們兩人並非佛教徒，說：「善心無分宗教，我們從來沒想過有任何回報或者積福，無所謂，做到就做。」

廚師乂哥也是受到感染而加入團隊，從構思、買菜、洗切到營養、味道和新鮮度出發，他說：「菜一定要當造的，而且少油少糖少鹽，要煮得軟一點，盡量少煎炸。」

許多人受感動，主動來當義工，負責洗菜、派籌、盛飯，大家有講有笑，體會到付出，才是最大的快樂。

建議他們改用「北河同行」明哥的做法，不必發號碼籌讓老人家排隊，直接派飯票，任何時間都可以來拿，隨意得多。

「素悅軒」地址：荃灣兆和街25號海晴軒15號舖

電話：3486-4428

另一間叫「天然齋」，也採用了派飯票的制度，店主Ivy和Terence，以及有相同理念的廚師胡先生，每逢星期二下午派一百個飯盒，另外在銅鑼灣鵝頸橋街坊福利會星期五派飯票，他們說：「老人家不是貪你一個飯盒，而是需要當中的關懷。」

「天然齋」地址：灣仔謝斐道254-272號杜誌台11-12號地舖

電話：2338-6179

看到照片中除了飯盒之外，還派一個蘋果，令我想起明哥說過：「我去天橋下派飯盒時也有一個蘋果，露宿者把蘋果丟棄，令我很生氣，後來才知道他們說年紀大了，哪有牙力咬蘋果？才恍然大悟，下次

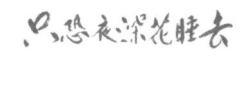

改用較軟的水果。」

是的，善心運動的巨輪已啟動，做好事的人應該團結，互相學習，慈善本來就是理所當然的，不是甚麼偉大的事。有了這種心態，會做得更好。

明哥素菜宴

深水埗陳灼明來電，說要辦一餐素宴，問我近來忙不忙，是否有時間參加？

香港人沒有哪個不忙的，他們忙來，是為了留時間做自己喜歡的事。明哥是個大好人，創辦的「北河慈善基金」到處送飯盒給有需要的長者和流浪漢，他叫到，我一定抽空出席。

問題是我對齋菜一點興趣也沒有，以前自己的食評專欄，也叫《未能食素》，勉為其難，硬着頭皮也要去吃。

地點在大南街二七八號的新店，這一間茶餐廳式的食肆用來給義工們聚集，方便他們每天下午派飯盒。看傳來的名單嘉賓有Green Monday

的楊大偉、港大佛學的吳志偉、一念禪食的梁家裕、伙伴倡自強的Alan Cheung、李家麟醫師、魏華星和《溫暖人間》的老闆吳兆爍、作家陳卓瑤及義丁義廚十多人、Mobile Green Chef和福興素食店老闆呂清荷等等，都是一班有心人，把小店擠得滿滿。

菜單印刷精美，煞有介事地寫着頭盤有羽衣甘藍松露布甸、無花果配芝士釀豆腐、川味茄子配法式麵包片、熏蛋配中式醬及焦糖果仁、有機紅菜頭沙律配雜果醬。

走到廚房一看，大家都忙着把各種醬料放在熏蛋上，我問：「雞蛋也算齋嗎？」

「我們吃的是方便齋。」眾人回答。

又有人說：「沒有受精的就可以。」

哈哈，還分受不受精呢。

「下次請你來做菜。」有人提議。

這難不倒我，雞蛋也可以當齋的話，我一燒幾十道菜，都一一研究過，以前做的美食節目，最後也一定拿出一隻雞蛋讓名廚示範，學習了不少做法。

但菜單上那些名稱，一看就知甚麼fusions新派菜，期待不高。第一道的布甸上桌，嘗了一口，原來是把Creme Brulee做成鹹的，這可不錯，我一直說要與別不同，一定要有反面思想，Creme Brulee為甚麼必甜不可？味道鹹中帶了一點點甜，非常爽滑可口，不贊同的是下了那些松露醬，當今的西廚都有這個毛病，以為客人認為有貴食材一定好吃，其實非常之多餘。那麼一小口，改變了甚麼呢？去掉更好。

總結來說，這幾道前菜還是不錯的。正當要稱讚時，有人說第四道的紅菜頭片像不像牛肉刺身？我一聽了就反胃。素菜，應該素心，一有扮肉的，已經在吃肉了，所有齋菜，應該把肉的印象去掉才是。

雖然這麼說，但接着由明哥親自下廚的乾炒素牛河上桌，一吃到假牛肉，倒也把我自己說過的話推翻，原來這個用麵筋做的牛肉，味道實在做得好，口感也美妙，把那些硬得要命，又下大量梳打粉的真牛肉比了下去，我寧願吃假的也不吃那些真的。

「是誰做的素牛肉？」我問。

有一太太舉手，原來是「福興素食店」的張太，她說店裏的沙茶牛肉賣得特別好，明哥吃過，就請她供應。我認為有了這種食材，就能又燒又烤，可以做的素菜種類也增多了，像馬來人的沙爹也行，蘸的醬要是正宗的話，可連吃十幾二十串。學新疆人烤羊串更妙，撒上孜然粉，和真的一模一樣，但還是心中有肉，罪過、罪過。

另一道心中有肉的是明哥做的滋味羊腩煲，用的配料和一般的羊腩煲相同，也很細心地加了一撮檸檬葉絲，羊肉當然又是麵筋做的，但很可口。我認為這可以引導不吃羊肉的人進入羊肉的世界，羊肉實在是天下最有個性、最肥美的肉，但多吃殺生，又是罪過了。

和氣生財
四季平安

接着的甜品也是由Mobile Green Chef提供，有幻彩水晶琉璃球、玫瑰荔枝慕絲、白味噌芝士蛋糕配紅莓醬和自家製湯圓，有點fusion，有點分子料理，還有傳統，配合得不錯。

大家都在推廣素菜，我也認為很有意義，吃齋的人，的確會吃出一個慈祥的面孔來，你到齋菜館去看，就能觀察到這個事實。

一下了轉成吃全齋不容易，有些人就推行逢星期一吃，這是很好的方法，我也希望能做到，可惜我五根不清淨，怎說還是要吃點肉的，非殺生不可。

依豐子愷先生的說法，是喝水也有細菌，也殺生，只要心存護生，足夠矣。

吃素可以推廣，但是不可像講耶穌般硬銷，宗教亦是，記得《唐頓山莊》中的老太太說過這麼一句話：「親愛的，宗教像男人那話兒一樣，可以自己私下欣賞，老是拿出來張揚，就過份了。」

哈哈。

吃完，陳卓瑤拿出她的書《香港，你怎忍心看見如此貧窮》來送人，寫得真好，帶着真這一個字的，都值得一讚，有機會去買一本來看看吧。

最後，「福興」的老闆娘拿出她的馬蹄糕，顏色深綠，像一塊玉，已先聲奪人，試一口，真是美味無比，的確有「驚艷」的感覺。

CNN主播

本地新聞，我基本上是不看了，受不了主播的那些癆病鬼般的吸口水聲，當今我只看CNN。

雖然觀點帶大美國主義，但各地消息快、精、準；涉及範圍也廣：時事、經濟、旅遊、運動與美食，還有重量級的政要名人訪問，煞是好看。

新聞主播更是有個性，不是坐在冷氣房中說說而已，他們出生入死，在槍火彈林中報導，像Arwa Damon最近也被困在最猛烈的戰役，十幾小時都不見踪影，這個身材矮小，其貌不揚的女子勇敢無比，冒着生命危險把最新消息帶給我們。

另一個叫Hala Gorani，最喜歡深入報導革命和反抗，與當事人交談，拿到第一手消息。畫面中的她有點發胖，其實身材苗條，樣子娟好，被譽為新聞女神News Diva。

最近報導Aleppo，在聯合國大聲指控無人伸出援手的是Clarissa Ward，身材瘦削又漂亮的她是耶魯大學畢業，做過印度洋海嘯、侯賽因死刑等大事件，又長駐過俄國、中國和阿富汗，在報導回教國家時頭上圍了黑巾，混入當地人群中，但有一雙深藍的眼睛，很容易被認出。

樣子最醜的是CNN的老大姐Christiane Amanpour，訪問過無數的元首政要，她的父親是伊朗回教徒，母親是英國天主教徒，兩種語言都拿手，但語氣咄咄逼人，令到受訪者有戒心，問不出甚麼，所述的都是她個人意見，我不認為她做得成功。

較討人喜歡的是樣子漂亮的Erin Burnett，報導過阿富汗、盧旺達、巴基斯坦和阿拉伯政要，受訪者都覺得她親切和藹，故傾盤敍述。在金

融界出身的她，和特朗普很熟，今後大有作為，當今年薪也有兩百萬美金了。

八字眉，最無聊和沒有本事的是英國的Becky Anderson，CNN很看重她，大力為她宣傳，可能是她和阿布達比的關係特別好，你看CNN，十句之中最少有三句提到阿布達比，收的廣告費非常可觀。

老將之中有個叫Natalie Allen的，樣子很怪，額頭極短，但她不將頭髮梳後，反而弄個獅子頭蓋住，好像上額完全消失，剩下眼睛。另一個叫Rosemary Church，兩個面頰特別大，像長了兩團肉，這兩人報導新聞從不走出去，如果不是樣子怪沒人記得。

樣子怪不要緊，但要有個性，黑人Isha Sesay像一個戴着日本能劇面具的女鬼，化妝和不化妝區別巨大，年輕時身材瘦小，當今已胖得和Beyonce有得比，屁股極大。她生長在西非的塞拉利昂共和國，最初只播非洲消息，當今是國際新聞的主要人物，長駐加州，CNN很看重她。

另一個樣子較好的黑人主播是Zain Asher，除了報導時事也做經濟新聞，在英國長大，牛津畢業，會說西班牙話和流利的法語，是個才女。

所有的主播之中，我最喜歡的叫Atika Shubert，在印尼長大，耶加達大學畢業，會說流利的印尼話，聲線特別雄厚，英語每一個字的發音都咬得清清楚楚，從來沒有甚麼難聽的口音，做訪問問題尖銳不饒人，和洩密的Julian Assange交談時直問他的性騷擾醜聞，把他氣得走出播音室。

財經新聞方面，大家姐是Maggie Lake，波士頓大學畢業，對財經界沒有一樣不熟悉，經驗老到，年齡也應該不小，但她保養得好，皮膚潤滑，看不出有多少歲，樣子不算好看，但也不討人厭。

討人厭的是另一個報導財經的Nina Dos Santos，一副女巫樣，語氣也尖酸刻薄，但看到權貴就低聲下氣，拼命點頭。英語罵這種人為「母狗（Bitch）」，如果你不知道Bitch長相是怎麼一個樣子，只要瞄她一

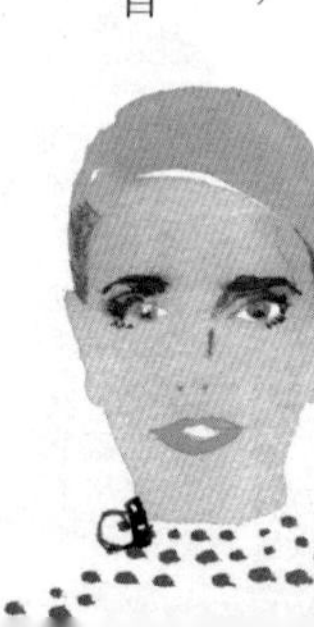

眼就知，這個女人不單討人厭，說話時還一直帶着「嘖、嘖、嘖」的聲音，英美人聽慣了也許不感覺到甚麼，但是這個「嘖」聲在中國人聽起來特別惹人反感，那是表示不滿，看輕對方時才用的。嘖得最厲害的是希拉莉和克林頓的女兒，她老娘打敗仗，也許是她嘖出來的。

CNN的陰氣很重，男主播比女主播苦命，報導法國的有一個叫Bitterman，痛苦人的意思，但他不怎麼出名。大家熟悉的有Anderson Cooper，一直不肯出櫃，後來也放棄了，直說自己是基的。

漂亮的男人多數變為同性戀，黑人之中，長得最美的叫Don Lemon，最初不認，後來也不隱瞞了。

男同性戀者的最高境界，是在公眾廁所中做那回事，而最大的刺激，是在做的時候給警察抓到，這件事Richard Quest做到了，剛去世的George Michael也做到了。Quest樣子古怪，說話時好像要斷氣才能把一句話說完，但他做財經新聞做得非常有趣，分析得也很詳盡，所有對象也很樂意讓他做訪問，很受觀眾歡迎，所以CNN也拿他沒法子，案件曝光後只罰他幾個月不出鏡罷了。此君的西裝都是倫敦Savile Row的名匠做的，穿在Quest身上，又滑稽又好看，怪不得CNN的老闆們要原諒他。

微博推銷術

我的微博粉絲，是我這些年一直回答他們的問題，一個個賺回來的，直至二〇一七年一月，已有九百六十八萬人。

當然不能所有的問題都理睬，而且中間有些莫名其妙，或髒言穢語的，就被我召集的一百名「護法」擋住，一般只能透過一個叫「蔡瀾知己會」的網站才可進入，我私人的不開放。

偶而，我清閒了，就打開大門，讓問題像洪水般湧了進來，但只限幾個小時。

農曆新年之前，我的助理楊翱來電話：「蔡先生，如果你在這期間又開放，一定會幫助《蔡瀾的花花世界》網店帶來不少生意，你就勉為

其難吧。」

好，我做事向來盡力，包括宣傳我的產品，開放就開放，從農曆新年前三個星期開始，一直開放到除夕，這一來，一夜之間就有兩三千條問題殺到。

問題愈答愈多，愈答愈熱，像乒乓球來來去去時，就可以乘機推銷產品照片，讓大家看得流口水，訂單就來了，這次農曆新年，做了不少買賣。問答中也有些很好玩，舉出幾條讓大家笑笑：

問：「蔡爺爺，怎麼樣可以做到煲湯時不放肉卻又有肉的香味？」

答：「放手指。」

問：「請問吃甚麼會有助於身高的增長？」

答：「吃長頸鹿。」

問：「吃甚麼可以吃不胖？」

答：「啃自己的骨頭。」

問：「有沒有辦法可以練酒量的？」

答：「先變酒鬼。」

問：「長得太胖，怎麼辦？」

答：「當豬劏。」

問：「怎麼入門古玩鑑定？」

答：「先上當。」

問：「最近有個魚類學家說你對三文魚根本不懂，都是道聽途說。」

答：「尊重別人不同的聲音，但還是把他列入黑名單實在。」

問：「你看，我這張貓照片，喜歡嗎？」

答：「喵。」

問：「為甚麼每次只會答一句話？」

答：「問題太多，生命太短。」

問：「如何比較中餐和日本料理？」

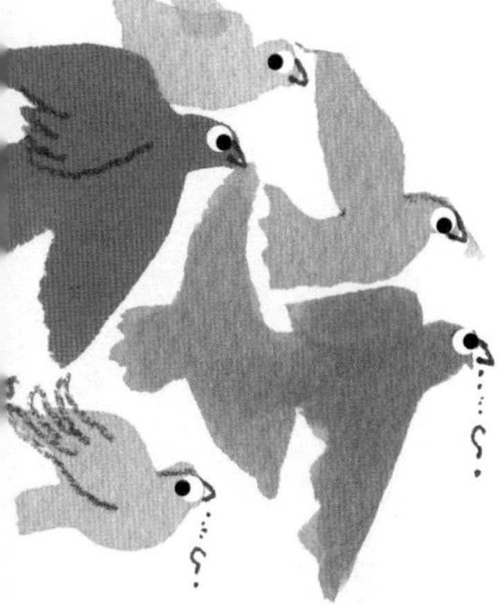

答：「我是中國人。」

問：「如何保持每日愉快的心情？」

答：「大吃大喝。」

問：「遇到不開心的事，除了吃，還可以做甚麼？」

答：「還是吃。」

問：「人生的意義呢？」

答：「吃吃喝喝。」

問：「找工作很困難，有甚麼辦法？」

答：「麥當勞。」

問：「沒有甚麼經驗，怎麼求職？」

答：「麥當勞。」

問：「很討厭現在的工作，怎麼辦？」

答：「麥當勞。」

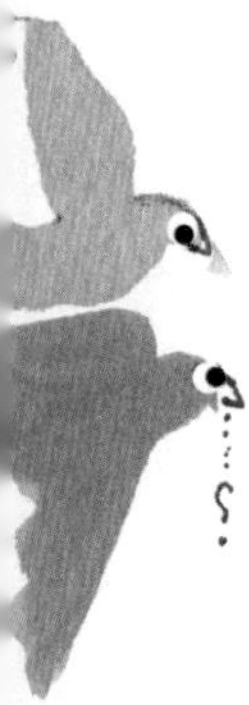

問：「為甚麼每次都答麥當勞呢？」

答：「麥當勞是最容易找的工作，只要不嫌低微，肯幹就是。」

問：「年輕人，對前途迷惘，又沒有方向，怎麼辦？」

答：「我父親的教導：孝順前輩、愛護比你小的、守時、守諾言、努力工作、把每一件事都做得最好為止。這些，像船上的錨，一個個拋下海，自然穩定，自然有方向，自然不會迷惘。」

問：「我還年輕，可以浪費時間嗎？」

答：「我年輕時就出道，一桌人吃飯，我一定最小。當時，我已想到，總有一天，我一坐下，一定最老。現在想起，像是昨天的事。我真的是最老了。」

問：「依你看二〇一七年房價是漲是跌？」

答：「我知道的話，就去做地產商。」

問：「如果有一天醒來，發現自己變成瑪麗蓮夢露，第一句話會問誰，問甚麼？」

答：「問肯尼迪。是不是你叫人殺我？」

問：「金庸留下幾本書，黃霑留下幾首曲，倪匡留下幾部衞斯理，你留下甚麼？」

答：「幾篇雜文。」

問：「你吃狗肉嗎？」

答：「甚麼？你叫我吃史諾比？」

裕華國貨

葉一南一連兩期在《飲食男女》寫裕華國貨公司，勾起了我不少回憶。哪一個老香港沒去過呢？大家都有買過他們的東西，各人皆對裕華國貨抱着一份溫暖的感情。

五十多年前當我第一次踏足香港時，家父的友人張萊萊和李香君就帶我去了，選購的是一件藍色的棉襖，當年，幾乎所有男人，都擁有一件，裏面還穿著白襯衫，有時還打領帶呢。

定居後不斷地光顧，買得最多的是嶗山礦泉水，當年的粵語廣告詞句是有淡的，也有鹹的，把那鹹字讀成「漢」，記憶猶新。

為甚麼會愛上嶗山礦泉水？那時酒喝多了，半夜口渴起身喝水，如

果是水喉水煲了放涼，那水是一點味道也沒有的，要是喝嶗山礦泉水，你會喝出甜味來，那是多麼美妙的一種感覺！

玻璃瓶裝的水，很小瓶，一下子喝光，我家從此有喝不完的礦泉水，一箱箱買，只有裕華肯送貨。有氣的更好喝，沒有廣告中所說的鹹味，但喝進去那股清爽的口感，沙的一聲直通到胃，是無比的舒服。淡味的有紅色貼紙，有氣的是藍色貼紙，直至現在，我還是兩種都喝。

喜歡逛的，還有三樓的陶瓷部門，我一直有收藏茶盅（蓋碗）的嗜好，見到好的就買，記得當年只花四十塊港幣，就能買到一個民初的茶盅，非常之薄，而且絕不燙手。不算是甚麼古董，日常照用，被家務助理打爛了不少，也不覺可惜，照買照用。當今，這種茶盅，也要賣到至少四千塊一個了。

二樓的綵綢部門，有位師傅專為客人度身訂做旗袍，我對女性的這種衣服情有獨鍾，做了不少研究，和師傅一聊，成為好友，後來不禁技癢，為任職的邵氏公司監製了一部叫《吉祥賭坊》的電影，當年沒有服裝設計這個名堂，我也不在乎有無名銜，雖然擔任了。

何琍琍在戲中穿的旗袍和岳華的男士長衫，都在裕華度身訂做，看了電影之後的許多觀眾，尤其是南洋的客人都來購買，為裕華帶來不少生意。

台灣人也看了，但不敢走進裕華，那時有個荒唐的傳言，說裕華是一個特務機關，國民黨監視着，有甚麼台灣人進去就會被拍下照片，回去後有老罪可遭，非常可笑。我對台灣友人拍胸膛，說跟我一齊去就沒事，結果也帶了不少人來，大家對國貨的好奇心極重，左買右買，大包小包地運返台灣，當然沒有甚麼問題。

除了蓋碗，我也很喜歡買剪刀，各種各樣的剪刀收藏了不少，張小泉剪刀當然可以在裕華買到。那時的手柄用幼細的紅色籐條捆住，用久了很容易鬆脱，後來他們改用了塑膠，已沒有古早味，無興趣了。

文房四寶
裕華國貨

裕華國貨
YUE
CHINESE

最鋒利的倒是手術用的剪刀，很奇怪裕華也賣這種工具。我買了不少大把的，用了幾十年還不會鈍，小把的可用來剪鼻毛，甚麼德國孖人牌產品都比不上它，你可以去買幾把來試，就知道我沒説錯。

光顧最多的，當然是地下層的食物部了，那時候的上等普洱，一餅四十塊，一筒七餅，叫七子茶，我買了一筒又一筒，有些儲存到今天，已成天價。

食物部中還賣桂花陳酒，才幾十塊一瓶，一喝驚為天物，那是解放後從宮中拿到了秘方，大量製造出來，又好喝又容易醉人。可能是賣得太便宜，就無人問津，如果現在你去「鹿鳴春」吃飯，那裏還有得賣，我每每請客都買幾瓶，加了幾塊冰，眾人都喜歡。

同一層，還能買到東莞米粉，當年是現做現由東莞運到，也只有裕華有這種關係。剛做好的新鮮米粉，香氣十足，韌度也恰好。紅燒一鍋豬腳，再加米粉下去煮湯，是生日時必吃的，可惜當今已沒有這種米粉賣了。

更有珍禽異獸，甚麼金錢龜、野生水鴨，那就是雁子了，不過我倒沒甚麼興趣，一向認為不多練習的食材，做來做去就那麼幾種，不像豬羊牛肉那麼千變萬化。

進入大門看到的，全是藥品，強精的多不勝數，覺得中國人對此物的興趣極大，好像在這方面弱了一點。雲南白藥是非常有用的，比甚麼西藥都要有效，如被刀割傷，血流不停，撒上雲南白藥，即止。對藥中的那顆紅色細細粒的保險丸更是着迷，但好彩沒被子彈穿過，不必服之。

今天，裕華照樣擠滿客人，但賣的東西已不限於國貨，西洋產品不少，照舊的，是那首廣告歌：裕華國貨，服務大家……

蔡瀾作品

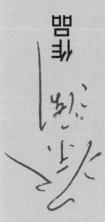

八樂也
九樂也
十樂也
秋雨梧桐
虛無恬澹
抱樸含真
夢裏奔波
前塵往事
笑話和趣事
病中記趣
四位老友
雨後斜陽
松下對弈
淺斟低唱
撫琴按簫
掃雪烹茶
小雨移花
倪匡閑話
御風而行
紅塵深處
煙蘿飄飛

蔡瀾的鬼故事（上）
蔡瀾的鬼故事（下）
老友寫老友（上）
老友寫老友（下）
一趣也
二趣也
三趣也
四趣也
五趣也
六趣也
七趣也
八趣也
九趣也
十趣也
蔡瀾食典
蔡瀾食典（後篇）
蔡瀾的生活方式（Ⅰ）
蔡瀾的生活方式（Ⅱ）
蔡瀾食單 1（一至四冊）
蔡瀾食單 2（五至八冊）
麻辣愛情

好色男女
蔡瀾談日本珍藏版（盒裝八冊）
蔡瀾世界名饌錄
蔡瀾歎名菜
吾愛夢工場（一）
——蔡瀾的電影現場
吾愛夢工場（二）
——蔡瀾的電影筆記
蔡瀾笑話
蔡瀾潮晒日本
蔡瀾潮晒台灣
蔡瀾潮晒韓國
人生必去的餐廳
人生必住的酒店
蔡瀾精選原創140字微小說140篇
一妙也
二妙也
三妙也
四妙也
五妙也
六妙也

七妙也
八妙也
九妙也
十妙也
蔡瀾@微博妙答
蔡瀾@微博妙答（2）
蔡瀾@微博妙答（3）
吃喝玩樂——吃
暢敍幽情
獨坐幽篁
花徑不掃
醉弄扁舟
蔡瀾的生財之道
跟住蔡瀾玩+食+買
蔡瀾私塾
蔡瀾美食Guide
——尖沙嘴、中上環、灣仔、
銅鑼灣及天后篇
蔡瀾家族（壹）
蔡瀾家族（貳）
只恐夜深花睡去